家风诗词

王兆鹏 郭红欣 / 主编

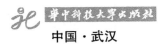

中国·武汉

图书在版编目(CIP)数据

家风诗词/王兆鹏,郭红欣主编. —武汉:华中科技大学出版社,2019.3
(2024.9重印)
(中华家风系列丛书/杨叔子主编)
ISBN 978-7-5680-5002-9

Ⅰ.①家… Ⅱ.①王… ②郭… Ⅲ.①诗词-作品集-中国 Ⅳ.①I22

中国版本图书馆CIP数据核字(2019)第026780号

家风诗词 王兆鹏 郭红欣 主编
Jiafeng Shici

总 策 划:姜新祺
策划编辑:杨 静 谢 荣
责任编辑:杨 静
封面设计:红杉林文化
责任校对:李 琴
责任监印:朱 玢
出版发行:华中科技大学出版社(中国·武汉)   电话:(027)81321913
　　　　　武汉市东湖新技术开发区华工科技园　邮编:430223
录　　排:华中科技大学惠友文印中心
印　　刷:广东虎彩云印刷有限公司
开　　本:880mm×1230mm　1/32
印　　张:5.625
字　　数:124千字
版　　次:2024年9月第1版第5次印刷
定　　价:28.00元

本书若有印装质量问题,请向出版社营销中心调换
全国免费服务热线:400-6679-118　　竭诚为您服务
版权所有　侵权必究

目　录

第一部分　爱国　　1
送莫甥兼诸昆弟从韩司马入西军/孟浩然　　2
送外甥郑灌从军三首/李白　　5
勉儿子/韦庄　　9
骄儿诗/李商隐　　11
送子由使契丹/苏轼　　16
五更读书示子/陆游　　19
读书/陆游　　22
示儿/陆游　　24
送次公子之官安仁监税/杨万里　　26
裂衣书诗寄弟/赵卯发　　29
山海关送季弟南还（其一）/袁崇焕　　31
诫子孙诗/陈廷敬　　34
赴戍登程口占示家人（其二）/林则徐　　37

第二部分　孝义　　41
蓼莪/《诗经》　　42

楚茨/《诗经》　　　　　　　　　　　45
孝经诗二章/傅咸　　　　　　　　　50
赠长沙公/陶渊明　　　　　　　　　53
送杨氏女/韦应物　　　　　　　　　57
游子吟/孟郊　　　　　　　　　　　60
十二时行孝文/白居易　　　　　　　63
书怀贻京邑同好/孟浩然　　　　　　67
吾雏/白居易　　　　　　　　　　　70
留诲曹师等诗/杜牧　　　　　　　　73
留别舍弟/王建　　　　　　　　　　75
训子诗(其一)/黄峭　　　　　　　78
戒从子诗(节选)/范质　　　　　　　81
寒食亲拜二坟因诫子侄/韩琦　　　　83

第三部分　勤读　　　　　　　　87
家风诗/潘岳　　　　　　　　　　　88
责子/陶渊明　　　　　　　　　　　91
长歌行/佚名　　　　　　　　　　　94
又示宗武/杜甫　　　　　　　　　　96
宗武生日/杜甫　　　　　　　　　　99
冬至日寄小侄阿宜诗/杜牧　　　　　103
符读书城南(节选)/韩愈　　　　　　108
送弟/卢肇　　　　　　　　　　　　111
嘲小儿/卢肇　　　　　　　　　　　113

题弟侄书堂/杜荀鹤　　　　　　　115
赠外孙/王安石　　　　　　　　118
冬夜读书示子聿/陆游　　　　　121

第四部分　修身　　　　　　　125
赠从弟(其二)/刘桢　　　　　　126
诫族子/谢混　　　　　　　　　128
寄男抱孙/卢仝　　　　　　　　131
诫子诗/东方朔　　　　　　　　135
示从孙济/杜甫　　　　　　　　138
催宗文树鸡栅/杜甫　　　　　　141
闲坐看书贻诸少年/白居易　　　145
狂言示诸侄/白居易　　　　　　148
赠内/白居易　　　　　　　　　150
新构亭台,示诸弟侄/白居易　　153
寒窗课子图/寇母　　　　　　　156
示秬秸/张耒　　　　　　　　　159
诫子弟/林翰　　　　　　　　　162
望耆儿二首(其一)/汤显祖　　　164
训子诗/尹继善　　　　　　　　166
再示知让(节录)/蒋士铨　　　　169

第一部分

爱　　国

送莫甥兼诸昆弟从韩司马入西军

[唐]孟浩然①

念尔习诗礼,未曾违户庭②。
平生早偏露③,万里更飘零。
坐弃三冬业④,行观八阵形⑤。
饰装辞故里⑥,谋策赴边庭⑦。
壮志吞鸿鹄⑧,遥心伴鹡鸰⑨。
所从文且武,不战自应宁⑩。

【注释】

① 孟浩然(689—740),字浩然,襄阳(今湖北襄阳)人。举进士不第。后张九龄任荆州(今属湖北)长史时,辟为从事。唐代著名山水田园派诗人,与王维并称"王孟"。有《孟浩然集》。莫甥:指孟浩然的莫姓外甥。昆弟:兄和弟,包括堂兄弟。此处当指莫甥的堂兄弟。韩司马:名不详。司马,古代武官名。西军:西征之军。

② 违:离开。户庭:门户与院落,指家庭。

③ 偏露:父亲去世称孤露,也称偏露。

④ 弃:放弃。三冬业:即苦读之学业。三冬,指冬天的三个月。

⑤ 八阵形:即古代八阵图。古代作战时的一种阵法,相传为三国诸葛亮所创。

⑥ 饰装:整顿行装。

⑦ 边庭:即边关。

⑧ 壮志吞鸿鹄:即壮志胜于鸿鹄。此句化用"鸿鹄之志"的典故,典出《史记·陈涉世家》:"燕雀安知鸿鹄之志哉。"鸿,指大雁。鹄,指天鹅。鸿鹄是古人对大雁、天鹅等飞行高远的鸟类的通称,借以寄托自己的远大志向。

⑨ 遥心:指遥远的牵挂的心。鹡鸰(jílíng):俗称张飞鸟,也即《诗经》中的脊令。《诗经·小雅·常棣》:"脊令在原,兄弟急难。"后以"鹡鸰"比喻兄弟。

⑩ 宁:安定,平息。

【赏析】

这首诗作于孟浩然的莫姓外甥投笔从戎之际,包含了孟浩然对外甥和他几位同行兄弟的殷殷勉励之意。开头两句写外甥一直在刻苦读书,没离开过家。接下来感叹外甥年少即失去父亲,少有荫庇,如今又要随军远赴万里之外的边疆。五、六两句,称赞外甥弃文从武、从戎卫国的远大志向。七、八两句写外甥已为出征做好了准备,换好了戎装,拿好了武器,按照军事部署开赴边关。最后四句,表达了对外甥及其兄弟们的期待和祝愿,希望他们树立报国杀敌的鸿鹄之志,同时也要团结一心、彼此照应,并预祝他们和西征将士们一起不战而屈人之兵,平息边事,安边卫国。

这首诗的要义在"壮志吞鸿鹄,遥心伴鹡鸰"二句,既颂扬了气冲霄汉、慷慨报国的高远志向,又抒写了遥心牵念、兄弟同心的血脉深情。家国一体,情志相映。

送外甥郑灌从军三首

[唐]李白①

一

六博争雄好彩来②,金盘一掷万人开③。
丈夫赌命报天子④,当斩胡头衣锦回⑤。

二

丈八蛇矛出陇西⑥,弯弧拂箭白猿啼⑦。
破胡必用龙韬策⑧,积甲应将熊耳齐⑨。

三

月蚀西方破敌时⑩,及瓜归日未应迟⑪。
斩胡血变黄河水,枭首当悬白鹊旗⑫。

【注释】

① 李白(701—762),字太白,号青莲居士,祖籍陇西成纪(今甘肃秦安)。其先祖隋朝末年流寓西域碎叶城(今吉尔吉斯斯坦托克马克市,时属唐安西都护府),李白即出生于此。幼时随父迁居绵州昌隆(今四川江油)青莲乡。后出蜀远游。天宝年间曾应召入京,供奉翰林。李白是唐代最伟大的浪漫主义诗人,有"诗仙"之誉,与杜甫并称"李杜"。有《李太白集》。郑灌:李白的一个外甥。

② 六博:古代的一种赌博游戏。共十二颗棋子,六黑六白,两两相博,因每人六个棋子,所以叫六博。《演繁露》:"博用六子,《楚辞》谓之六博。"彩:彩头。

③ 掷:撒下、投掷。这里指掷骰子分胜负。《宋书·刘毅传》:"刘毅家无担石之储,樗蒲一掷百万。"

④ 丈夫:指"大丈夫",有大志、有气节的人,顶天立地、建功立业的男子汉。《孟子·滕文公下》:"富贵不能淫,贫贱不能移,威武不能屈,此之谓大丈夫。"又,马臻《前结交行》:"君看金尽失颜色,壮士灰心不丈夫。"赌命:以性命作为赌注。天子:皇帝。

⑤ 胡头:即胡人的头。这里指侵犯唐朝的胡人。衣锦回:衣锦还乡。这里指为国杀敌立功后返回故乡。

⑥ 丈八蛇矛:古代的一种兵器名。陇西:县名,在今甘肃省中部,唐代属边境地区。

⑦ 弯:开弓射箭。曹丕《典论·自叙》:"使弓不虚弯,所中必洞,斯则妙矣。"弧:木弓。《易·系辞下》:"弦木为弧。"白猿啼:《淮南子》:"楚王有白猿,王自射之,则搏矢而熙(拾起箭头嬉戏)。使养由基(人名)射之,始调弓矫矢(刚调好弓,高举箭头),未发而猿拥柱号

矣(尚未射箭,白猿就抱着柱子啼哭)。"此句用养由基射白猿的典故,说明郑灌箭术高明,威震敌人。

⑧ 龙韬:《太公六韬》中的一部分。相传是吕尚编的古兵书,记载周文王、武王问太公兵战之事,对后世指挥行兵打仗有很大影响。

⑨ 甲:铠甲和兵器。熊耳齐:《后汉书·刘盆子传》记载,刘盆子向汉光武帝(刘秀)投降时,"积兵甲宜阳城西,与熊耳山齐"。熊耳,山名,为秦岭东段支脉,在河南省西部。

⑩ 月蚀:即"月食"。此处指天象不利于敌人,正是破敌的好时机。

⑪ 及瓜:瓜成熟的时候。这里指制服敌人,完成作战任务。未应迟:不应当迟归。

⑫ 枭首:斩敌首高悬以示众。白鹊旗:疑为"白虎幡"之误。此旗作为帝王诏令传信之用,后来也用此传布朝廷政令。

【赏析】

这是李白的三首充满爱国主义激情的组诗。据考证,三诗应是天宝年间诗人在长安送外甥郑灌参军时所写。

第一首诗大意:六博要想获胜全凭好彩,筹码往金盘上一撒,众人就欢呼喝彩。接着,诗人勉励外甥要立"丈夫"之志,哪怕像赌博一样赌上自己的性命,也要英勇杀敌"斩胡头",以报效天子,凯旋还朝。

第二首诗大意:大丈夫即将手提丈八蛇矛奔赴陇西战场,你的箭术会像古代射手养由基射白猿那样精湛,使敌人惊恐。如果使用姜太公《六韬》中的战略,一定能打败敌人,那时缴获的敌人武器会堆得像熊耳山一样高。

  第三首诗大意：现在月食出现在西方，正是击败敌人的好预兆。你战胜敌人还朝指日可待，那时敌人的阵营一定会血流成河，你还要砍下敌人首领的头悬挂在树梢。

  这三首诗是一个整体。诗人用热情洋溢的语言，盛赞外甥郑灌的爱国壮举，并对他寄予了殷切的希望，认为从军戍边是非常光荣、幸运的事，应当竭尽忠勇、保家卫国。此诗把描写、抒情和议论很好地结合了起来，语重心长，感情炽烈，具有很好的鼓舞和激励作用。

勉 儿 子

[唐]韦庄①

养尔逢多难②,常忧学已迟。
辟疆为上相③,何必待从师④。

【注释】

①　韦庄(约836—910),字端己,京兆杜陵(今陕西西安)人,韦应物四世孙。乾宁元年(894年)进士,授校书郎。曾应西川节度使王建之聘入川为掌书记。唐亡,王建称帝国号大蜀,史称前蜀,韦庄被任为宰相。唐、五代时期著名诗人、词人,与温庭筠同为花间词派代表人物,并称"温韦",有《浣花集》传世。

②　多难:指唐末战乱。

③　辟疆:开辟疆土。《盐铁论·地广》:"周宣王辟国千里。"上相:对宰相的尊称。《史记·郦生陆贾列传》:"足下位为上相,食三万户侯。"

④　从师:追随老师,拜师求学。

【赏析】

这是一首五言绝句,饱含了作者对儿子的爱、勉励与期待。

诗的前两句说明了养育儿子的背景,遭逢战乱,颠沛流离,因此常常担忧儿子已经错过了接受正统教育的好时机。而在末尾两句中,作者又以通达的态度,勉励儿子要到战场上纵横驰骋,这样同样可以建立不朽的功业。

此诗体现了作者开明的教育观,同时也体现了他的家国情怀。实现自己的人生价值,太平时期可以静心读书以求文治,战乱之时也可以披坚执锐以求武功。不管文治武功,都是为了安治天下,救济苍生。

骄 儿 诗

[唐]李商隐①

衮师我骄儿②,美秀乃无匹。
文葆未周晬③,固已知六七。
四岁知名姓,眼不视梨栗④。
交朋颇窥观⑤,谓是丹穴物⑥。
前朝尚器貌⑦,流品方第一⑧。
不然神仙姿,不尔燕鹤骨⑨。
安得此相谓,欲慰衰朽质⑩。
青春妍和月,朋戏浑甥侄⑪。
绕堂复穿林,沸若金鼎溢⑫。
门有长者来,造次请先出。
客前问所须,含意不吐实。
归来学客面,闹败秉爷笏⑬。
或谑张飞胡⑭,或笑邓艾吃⑮。
豪鹰毛崱屴⑯,猛马气佶傈⑰。
截得青筼筜⑱,骑走恣唐突。

忽复学参军,按声唤苍鹘[19]。
又复纱灯旁,稽首礼夜佛。
仰鞭胃蛛网,俯首饮花蜜。
欲争蛱蝶轻,未谢柳絮疾。
阶前逢阿姊,六甲颇输失[20]。
凝走弄香奁,拔脱金屈戌[21]。
抱持多反侧,威怒不可律。
曲躬牵窗网,略唾拭琴漆[22]。
有时看临书,挺立不动膝。
古锦请裁衣,玉轴亦欲乞[23]。
请爷书春胜[24],春胜宜春日。
芭蕉斜卷笺,辛夷低过笔。
爷昔好读书,恳苦自著述。
憔悴欲四十,无肉畏蚤虱。
儿慎勿学爷,读书求甲乙[25]。
穰苴司马法[26],张良黄石术[27]。
便为帝王师,不假更纤悉。
况今西与北,羌戎正狂悖。
诛赦两未成[28],将养如痼疾。
儿当速成大,探雏入虎穴。
当为万户侯,勿守一经帙。

【注释】

① 骄儿：对子女的爱称。李商隐（约813—约858），字义山，号玉溪生，又号樊南生，祖籍怀州河内（今河南焦作沁阳），出生于郑州荥阳（今河南郑州荥阳）。唐文宗开成二年（837年）登进士第，历任秘书省校书郎、弘农尉等职，因在"牛李党争"的朝局下同时不见容于牛党与李党而一生困顿不得志。有《玉溪生诗集》传世，在晚唐诗坛与杜牧合称"小李杜"。

② 衮师：李商隐幼子名。

③ 文葆：有纹饰的褓褓。周晬：周岁。

④ 梨栗：梨树与栗树。

⑤ 窥观：在一旁暗中观察。

⑥ 丹穴物：丹穴是《山海经》记载的凤凰的巢穴，丹穴物即凤凰。

⑦ 器貌：仪表风度。

⑧ 流品：魏晋南北朝时流行人物品评，很看重仪表风度。

⑨ 燕鹤骨：贵人的骨相。

⑩ 衰朽质：衰老的身体，此为诗人自喻。

⑪ 朋戏浑甥侄：与外甥、侄子等小辈一起嬉戏玩耍。

⑫ 沸若金鼎溢：形容孩子们的耍闹气氛像开水沸腾一样。

⑬ 爷：唐代俗呼父亲为爷。笏(hù)：古代大臣上朝拿着的手板，用玉、象牙或竹片制成，可以在上面记事。

⑭ 张飞胡：张飞的呼喊声，另一种解释是张飞脸黑。张飞，三国时蜀国大将。

⑮ 邓艾吃：邓艾的口吃。邓艾，三国时魏国大将。

⑯ 勣(zè)屴(lì)：挺拔的样子。

第一部分　爱国

⑰ 佶(jí)傈(lì):慓悍雄壮的样子。

⑱ 筼(yún)筜(dāng):一种生长在水边的大竹子,这里是指制成竹马。

⑲ 参军、苍鹘(hú):唐代参军戏中的两个主要角色。参军戏是一种中国古代的戏剧形式,相传五胡十六国后赵石勒,为惩罚一个贪污的参军,令优人穿上官服,扮作参军,让别的优伶从旁戏弄,参军戏由此得名。内容以滑稽调笑为主。一般是两个角色,被戏弄者名参军,戏弄者叫苍鹘。

⑳ 六甲:一种棋类游戏。

㉑ 屈戌:梳妆匣上的锁扣。

㉒ 峪唾:吐唾沫。

㉓ 玉轴:卷轴的美称,借指珍美的图书字画。

㉔ 春胜:古时立春日,士人家剪彩绸作小幡,上书"宜春"二字,挂于花枝,名春胜。

㉕ 求甲乙:指参加科举考试。

㉖ 穰苴司马法:穰苴为春秋齐国名将,善兵法,曾任大司马,故其兵书简称司马法。

㉗ 张良黄石术:张良年少时在下邳桥偶遇黄石公,得授兵法。

㉘ 诛赦:征伐与安抚。

【赏析】

根据《唐才子传》的记载,李衮师是李商隐的第二个儿子,他的大儿子"白老"生性愚钝,但李衮师却极其聪慧,所以李商隐对他的宠爱更多一些。这首诗主要的篇幅都在描绘李衮师日常生活中的种种顽皮表现,比如与外甥、侄子辈的小朋友嬉戏玩耍时冲撞了前来拜访的客人,却待客人走后拿着父亲的笏板模仿客人的情态,甚至嘲笑他们的长相或口吃;又比如和姐姐下棋输掉,便去翻弄她的首饰盒"报仇"。如此顽劣的孩子,在中国古代一般是要被立为反面教材,遭到严格管教的,但李商隐在这首诗中却对幼子的顽皮表现出一种欣喜之意,甚至津津乐道于他的顽劣行径。这种反常的心态,源于李商隐对衮师不同的期待。

李商隐是一位读书人,原本应该是期待自己的儿子勤读诗书,走科举仕进之路的。但是李商隐在官场并不是平步青云、一帆风顺,而是在"牛李党争"的夹缝中艰难地生存。因此,当他看到自己的小儿子如此聪慧,又顽皮好动,便希望他能发挥自己的长处,走上"武功"之路,成为可以为大唐平定边疆战事的一员虎将。虽然李商隐对衮师不拘一格的期待源自他自己对仕途生涯的反思,以及对混乱朝局的失望,但这种与众不同的教育观,在古代的文人士大夫中依然是非常难得的。

送子由使契丹

[宋]苏轼①

云海相望寄此身,那因远适更沾巾②。
不辞驿骑凌风雪③,要使天骄识凤麟④。
沙漠回看清禁月⑤,湖山应梦武林春⑥。
单于若问君家世,莫道中朝第一人⑦。

【注释】

① 苏轼(1037—1101),字子瞻,号东坡居士,眉州眉山(今四川眉山)人。嘉祐二年(1057年)进士及第。先后在密州、徐州、湖州、登州、杭州、颍州、扬州、定州等地任知州,又在朝中任翰林学士、兵部尚书、礼部尚书、侍读学士等职,曾被贬到黄州、惠州、儋州等地。"唐宋八大家"之一,北宋中期文坛领袖,与父苏洵、弟苏辙并称"三苏"。其文纵横恣肆,其诗题材广阔,清新豪健。其词开豪放一派,与辛弃疾并称"苏辛"。有《苏轼文集》《苏轼诗集》《东坡乐府》等著作传世。子由:即苏辙。苏辙字子由。使:出使。契丹:此指由契丹族建立的辽国。

② 那:哪能。适:往。沾巾:泪湿衣襟。王勃《送杜少府之任蜀州》:"无为在歧路,儿女共沾巾。"

③ 驿骑:驿站提供的马匹。凌风雪:冒风雪。

④ 天骄:汉时,匈奴自称"天之骄子",后泛指强盛的边地民族,此处指契丹。凤麟:凤凰与麒麟,比喻杰出的才俊,诗中指苏辙。

⑤ 清禁:宫廷禁地,皇宫、朝廷。

⑥ 武林:山名,今杭州西灵隐山。后多用武林指杭州。

⑦ "单于"二句:《新唐书·李揆传》:"揆美风仪,善奏对,帝叹曰:'卿门地、人物、文学,皆当世第一,信朝廷羽仪乎?'故时称三绝。"德宗时李揆曾"入蕃会盟使",至蕃地,"酋长曰:'闻唐有第一人李揆,公是否?'揆畏留,因绐之曰:'彼李揆安肯来邪!'"苏氏一门,尤其是苏轼在契丹声名尤著,故化用此典,说明中原人才众多,不止苏氏族门。中朝:朝中。

【赏析】

　　这首诗作于哲宗元祐四年(1089年)。其时苏轼五十二岁,以龙图阁学士出知杭州;苏辙迁翰林学士兼吏部尚书,在汴京。是年八月,苏辙奉命出使辽国,庆贺辽主生辰。契丹是东北辽河上游的游牧民族,雄峙北方近两百年,成为宋朝的北方边患。宋自"澶渊之盟"后,更要每年向辽国、西夏进贡银两、绢匹。其国主生辰,也要派使臣去庆贺。卑事小国,国弱臣辱,做这样的使臣苏辙内心是感到屈辱的。苏轼写此诗送别,尽劝慰告诫之意,勉励弟弟要不辞劳苦,勇于完成出使重任。

　　苏轼与苏辙兄弟感情笃厚,但诗人开篇却写道:兄弟宦游四海,天各一方,已是常事,这次也不会因为远别而悲伤落泪。接下来勉励苏辙要不辞辛苦,不辱使命,让辽主见识到大宋仁德之国派出的使臣是怎样的杰出。颈联悬想苏辙身处沙漠远地,一定会时时回望,心系朝廷,梦绕湖山,牵念兄长。尾联写望归。这里用李揆代指苏辙,不仅因为苏轼兄弟在当时的名位与声望高,而且也以此告诫苏辙,出使北蕃,须小心谨慎,不可追求盛名,而应以安全归来为要。联系当时辽国经常扣押宋朝使臣的背景,苏轼的担心并不是多余的。

　　此诗以送别为题,对弟弟一再劝勉,谆谆嘱咐。语言平实流畅,展现了兄弟之间的深厚情谊,同时更突出了国家大义,抒发了浓烈的爱国情感。

五更读书示子

[宋]陆游①

近村远村鸡续鸣,大星已高天未明②。
床头瓦檠灯煜爚③,老夫冻坐书纵横。
暮年于书更多味,眼底明明见莘渭④。
但令病骨尚枝梧⑤,半盏残膏未为费⑥。
吾儿虽戆素业存⑦,颇能伴翁饱菜根。
万钟一品不足论⑧,时来出手苏元元⑨。

【注释】

① 陆游(1125—1210),字务观,号放翁,越州山阴(今浙江绍兴)人。孝宗时赐进士出身。曾入四川宣抚使王炎幕,为干办公事。范成大任成都路安抚使兼四川制置使时,为其参议官。一生多次被逸罢职,闲居长达30年左右。南宋著名爱国主义诗人,与尤袤、杨万里、范成大并称"中兴四大诗人",现存诗歌9300余首。其主要作品有《剑南诗稿》《渭南文集》《放翁词》《南唐书》等。五更:旧时把一夜分为五个更次,此处指第五个更次,大致为凌晨三点到五点。

② 大星:即太乙星,今称启明星。

③ 檠(qíng):灯架,烛台。煜爚(yùyuè):光耀灿烂的样子。

④ 莘渭:指莘野、渭川,也指伊尹、吕尚。伊尹曾耕于莘野,后来辅佐商汤;吕尚曾钓于渭川,后来辅佐周武王。后世遂用为咏宰相的典故。

⑤ 枝梧:支撑,撑得住。

⑥ 残膏:剩余的灯油。

⑦ 戆(gàng):愚鲁。素业:旧业。此指读书应举。

⑧ 万钟一品:指高官厚禄。钟,古容量单位,合六斛四斗。

⑨ 苏:拯救、解救。元元:指人民。

【赏析】

"三更灯火五更鸡,正是男儿奋发时。"陆游就是这样一个人,而且好学之志至老不衰。诗人先说自己已是老病之身,但尚能发奋苦读,以此勉励孩子们要更加勤心攻读。尔后又教育孩子们,读书不是为了谋求高官厚禄,而是为了解除百姓疾苦,为国为民效力。陆游的这种思想,在把读书、科举看作获取荣华富贵手段的封建社会,是难能可贵的。

如何教育后辈,历来是个大问题。在这首诗中,陆游的做法是很值得借鉴的,就是身教为先、为主,言教后行、为辅,但二者并重,不可偏废。陆游的言行与思想也确实深刻地影响了他的后辈,其子孙后来在南宋亡时,或自杀尽忠,或举兵抗元,或誓不仕元,延续了他的风骨,也显示了教育的力量。

读 书

[宋]陆游

归志宁无五亩园①,读书本意在元元②。
灯前目力虽非昔,犹课蝇头二万言③。

【注释】

① 归志:离任归家。宁:宁可,情愿。
② 本意:目的。元元:指人民。
③ 课:攻读学习。这里指阅读。蝇头:比喻字小。

【赏析】

　　这首诗作于淳熙四年(1177年),陆游时年五十二岁。诗中说,虽然自己眼力已大不如前,但仍然灯下读书,孜孜不倦。而这样苦读的目的,不是为了谋取个人的私利,为了个人生活得好,而是为了天下苍生,为黎民百姓谋取福利。诗人虽然已经离任了,但仍初心不改、矢志不渝,读来令人感动。

　　陆游的诗歌继承了屈原以来爱国主义诗人忧国忧民的传统,"归志"二句直抒胸臆,意旨简明。这种"为生民立命,为天地立心"的可贵精神,给予了后人非常丰富的精神养料。

示 儿

[宋]陆游

死去元知万事空①,但悲不见九州同②。
王师北定中原日③,家祭无忘告乃翁④。

【注释】

① 元:通"原",原本、本来。

② 但:只是。九州:中国。古代中国分为九州,所以常用九州指代中国。同:统一。

③ 王师:指南宋军队。北定:平定北方。中原:指淮河以北被金人侵占的地区。

④ 家祭:祭祀家中祖先。乃翁:你们的父亲,指陆游自己。

【赏析】

这首诗是陆游的绝笔,作于宁宗嘉定二年十二月(公元1210年元月)。此时陆游已经八十五岁,卧病不起。临终前,他给儿子们写下了这首诗。

陆游是伟大的爱国主义诗人,他一生都致力于抗金大业,渴望收复失地。令人感动的是,在生命的最后一刻,他仍然不忘国家的统一。人死而万事皆空,这是他本来就知道的,他也似乎不用记挂什么,但他偏偏就有一样心事放不下,就是国家仍处于分裂之中。"但悲不见九州同",真是死不瞑目!接着,诗人又更进一层,不仅是生而不忘、将死而不忘,就是死后也不能忘怀一生的心愿,还在一心盼望着能有"王师北定中原"那一天的到来。全诗由原本的从容沉入悲伤,又由悲伤转入激昂,再由激昂转入向往中的可能的慰藉,回环往复,抑扬折转,真是笔不能已,情更不能已。诀别而说家事,但表面上是说家祭、家事,实际上是说国事、天下事。爱国情深如此,令人感佩,陆游的爱国形象也由此完整地树立了起来。

这首诗是陆游爱国诗中最负盛名的一篇。可以说,一首诗,就是一座丰碑!

送次公子之官安仁监税

[宋]杨万里①

汝仕今差晚②,家庭莫恨离。
学须官事了③,廉忌世人知④。
争进非身福,临民只母慈⑤。
关征岂得已⑥,垄断欲何为⑦?

【注释】

① 杨万里(1127—1206),字廷秀,号诚斋,吉州吉水(今江西吉安吉水)人。绍兴二十四年(1154年)进士。先后任赣州司户参军、永州零陵丞、国子监博士、太常博士、秘书监等职,立朝有大节。杨万里是南宋著名诗人,与尤袤、范成大、陆游并称"中兴四大诗人"。他的诗构思新巧,生动活泼,富有情趣,被称为"诚斋体",有《诚斋集》传世。次公子:杨万里次子。之:到。安仁:今江西鹰潭余江。监税:管理税务。

② 仕:做官。

③ 官事了:公事结束。

④ 忌:避免、顾忌。

⑤ 临民:管理、治理民众。母慈:为官要像慈母临民。这里用了"父母官"的典故,古代统称地方官员为父母官。"父母官"一词来源于《礼记·大学》:"《诗》云:'乐只君子,民之父母。'民之所好好之,民之所恶恶之,此之谓民之父母。"

⑥ 关征:指征收关税。

⑦ 垄断:这里指无止境地征收赋税。

【赏析】

这首诗写于作者次子将要离家到安仁县做税官之际。送子赴任,做父亲的该嘱咐些什么呢?诗人说,有几点一定要铭记于心:首先为官要以国事、政事为重,不要过于留恋和牵挂家庭,即"家庭莫恨离"。其次,要廉洁奉公、多做实事,而不能沽名钓誉,追求所谓的廉名清誉,即"廉忌世人知"。最后,也就是在末四句中,诗人特别告诫说,千万不能为了追求仕进而滥征民脂,以显示自己的才干和政绩;而要恪守为官本分,像慈母爱惜子女一样爱惜百姓,为官一任,造福一方。

  在这首诗里,作者点出了为官的本质、本色和本分,这不仅在当时,即便在现在,也有着积极的现实意义。杨万里诗向以新巧、活泼、幽默为胜,极富情趣。而这首诗却不同,显得沉厚而庄重,这自然是由其内容和意旨决定的。

裂衣书诗寄弟

[宋]赵卯发①

城池不高深②,无财又无兵。
惟有死报国,来生作弟兄。

【注释】

① 赵卯发(？—1275)，字汉卿，昌州(今重庆大足)人。淳祐十年(1250年)进士。先后任遂宁司户、潼川签判、宣城知县、彭泽知县、池州通判等。元兵渡江，任池州(今属安徽)知州，决死守城；城破，夫妻同自缢死。裂衣书诗：撕裂衣服，将诗写在衣片上。

② 城池：古代指城墙和护城河，是古代的军事防御设施。

【赏析】

南宋末年，元兵大举南侵，很多南宋官员选择以死守节，守卫池州的赵卯发就是其中之一。他的这首《裂衣书诗寄弟》，既是与弟弟的诀别诗，更是自己的言志诗，充分抒发了自己的爱国情怀。

这首诗语言简明，没有用典，也没有辞藻上的修饰，但却显得铿锵有力，掷地有声。"城池不高深，无财又无兵。"这两句写明了战事的严峻情势与恶劣状况：城墙不高，护城河不深，没有军费，也没有足够的兵力。那么，就只有用自己的血肉之躯来守卫城池了。"惟有死报国，来生作弟兄。"这两句写明了自己舍生取义的选择：我只能以死报国，把血脉亲情放在一边，咱们就来生再作兄弟吧。

池州城破后，作者果然与夫人雍氏盛服同缢，从容赴死。他们用自己的鲜血和生命，诠释了什么是真正的爱国之心，什么是真正的民族尊严。

山海关送季弟南还(其一)

[明]袁崇焕①

公车犹记昔年情②,万里从戎塞上征。
牧圉此时犹捍御③,驰驱何日慰升平④。
由来友爱钟吾辈,肯把须眉负此生。
去住安危俱莫问⑤,燕然曾勒古人名⑥。

【注释】

① 袁崇焕（1584—1630），字元素，祖籍东莞（今广东东莞）。万历四十七年（1619年）进士，先后任邵武知县、右佥都御史等职。后任兵部尚书，督师蓟辽，抗击清军。在抗击清军的战争中先后取得大捷，后因皇太极施反间计，最终被以通敌叛国罪处死。山海关：又称榆关、渝关、临闾关，位于今河北省秦皇岛市东北，是明长城的东北关隘之一。季弟：最小的弟弟。袁崇焕共兄弟三人，此指三弟袁崇煜。

② 公车：官车。古代用公车送举子进京赴试，后也用公车代指举人进京应试。

③ 牧圉（yǔ）：此指边境。圉，边陲。捍御：捍卫领土，抵御来犯之敌。

④ 升平：太平。

⑤ 去住：即去留，不管身在何处。

⑥ "燕然"句：用东汉大将军窦宪大败匈奴"燕然勒石"的典故。《后汉书·和殇帝纪》："永元元年……夏六月，车骑将军窦宪出鸡鹿塞，度辽将军邓鸿出稒阳塞，南单于出满夷谷，与北匈奴战于稽落山，大破之，追至和渠北鞮海。窦宪遂登燕然山，刻石勒功而还。"燕（yān）然：山名，即今蒙古国境内的杭爱山。

【赏析】

这是抗清名将袁崇焕在山海关赠别弟弟南还的诗。诗原本有两首，这是其中的第一首。

首联，诗人追叙兄弟二人相随相从的亲密关系，一同入京赴试，又一同赴东北边塞。赴试是求入仕而治理天下,赴边是走向战场,保家卫国、捍卫疆土。二者皆依国所需,解国之忧,或文或武,在所不辞,兄弟情中包含了浓烈的爱国意。颔联承前,由亲情转写驱驰边关、抵御强寇的目的,就是为了使人们能够安居乐业,得享太平。颈联、尾联由此引发开来:既然如此,我们只兄弟友爱是不够的,还要承担起上天赋予男儿的责任和使命,做一番轰轰烈烈的事业。你因事南归,我则必须留在边地。"去住安危俱莫问,燕然曾勒古人名",不要惦念我的安危,我一定要像古代名将那样,勇往直前,荡平敌寇,为国家建立不朽功勋。

  全诗由写兄弟友爱起,写报国结束,洋溢着强烈的爱国主义激情,读来令人感奋。

诫子孙诗

[清]陈廷敬①

岂因宝玉厌饥寒②?愁病如予那自宽③。
憔悴不堪清镜照④,龙钟留与万人看⑤。
囊如脱叶风前尽⑥,枕伴栖乌夜未安。
凭寄吾宗诸子姓,清贫耐得始求官。

【注释】

① 陈廷敬(1639—1712),字子端,号说岩,晚号午亭,泽州(今山西阳城)人。顺治十五年(1658年)进士,一生为官五十余载,历任工部尚书、户部尚书、文渊阁大学士、刑部尚书、吏部尚书等,又曾为经筵讲官、《康熙字典》总裁官。

② "岂因"句:怎能因为贪求财富而厌恶清贫的生活呢?宝玉:指财宝。

③ 予:我。

④ 堪:承受。

⑤ 龙钟:体态衰老的样子。

⑥ 囊:钱袋、口袋。

【赏析】

这首诗原有小序,云:"荀少弟仕于粤,闻其被讦,怛悸连日夜,感怀而作。"荀少弟:指陈廷敬的八弟陈廷弼,字荀少,曾任广东粮驿巡道。陈廷敬一生亲历过官场的起起伏伏,听闻其弟(荀少)在广东任职被人弹劾,忧悸感怀,便写下了这首告诫子侄后辈的诗。

在第一、二句里,诗人告诫子侄辈不要贪求锦衣玉食,厌恶饥寒的生活,这让忧愁多病的我难以宽心。接着写道:"憔悴不堪清镜照,龙钟留与万人看。"这几日的忧愁使我面容憔悴不堪,自己不忍照镜子,就让这年老力衰的模样给他人去看吧。五、六句中,诗人说:我不看重金钱,于我而言,钱袋像落叶一样,可随风散去,但枕边栖息的乌鸦却在庭中日夜鸣叫,让我感到不安。最后,诗人指出心安的办法:我要寄语我宗族的子孙后辈,只有能够耐得住清贫的生活,才能去求官、做官;也就是说,想发财就不要去当官,当官就要耐得住清贫,当官不是为了发财致富,而是为国家、百姓效力。

陈氏家族是山西望族,历史上出过九位进士,三十多位朝廷官员和诗人,是典型的翰林门第、诗书之家。家族能获得如此之荣耀,与其家风家教之严是分不开的。

赴戍登程口占示家人(其二)

[清]林则徐①

力微任重久神疲②,再竭衰庸定不支③。
苟利国家生死以④,岂因祸福避趋之?
谪居正是君恩厚,养拙刚于戍卒宜⑤。
戏与山妻谈故事,试吟断送老头皮⑥。

【注释】

① 林则徐(1785—1850),字元抚,晚号俟村老人,福建侯官(今属福建福州)人。嘉庆十六年(1811年)进士。曾任江苏巡抚、两广总督、湖广总督、陕甘总督和云贵总督,两次受命为钦差大臣。因其主张严禁鸦片,并在虎门销烟,受到世人崇敬,被视作民族英雄。有《云左山房诗钞》传世。赴戍:奔赴戍守边疆。此指林则徐被贬新疆。口占:不起草稿,随口吟诵。

② 力微任重:能力有限而责任重大。神疲:神志疲惫。

③ 竭:竭尽、尽力。不支:不能应对,不能承受。

④ "苟利"二句:典出《左传·昭公四年》,郑大夫子产因改革遭谤,仍曰:"何害?苟利社稷,死生以之!"苟利国家:如果有利于国家。生死以:用自己的生命。以,用,拿。避趋:躲避和追逐。

⑤ 养拙:即守拙,守本分、不显露自己。刚:正好。戍卒宜:宜做一名戍卒。

⑥ "戏与"二句:作者自注说:"宋真宗闻隐者杨朴能诗,召对问:'此来有人作诗送卿否?'对曰:'臣妻有一首云:更休落魄耽杯酒,且莫猖狂爱咏诗。今日捉将官里去,这回断送老头皮。'上大笑,放还山。东坡赴诏狱,妻子送出门,皆哭,坡顾谓曰:'子独不能如杨处士妻作一首诗送我乎?'妻子失笑,坡乃出。"此处用杨朴、苏轼典故,意在宽慰家人,故作玩笑戏语来同亲人告别。山妻:对己妻的谦称。老头皮:老头子。

【赏析】

鸦片战争爆发后,林则徐因力主禁烟抗英,被革职贬戍新疆伊犁。途中经过西安,并在西安养病两月余。道光二十二年(1842年)八月,五十八岁的林则徐携二子从西安启程西行,临行前,作此诗留别妻子和家人。

首联,作者说自己体力衰弱且才智平庸,再勉强为官,肯定会精力"不支"。颔联含意丰富,既指目前贬戍伊犁,纵然是祸也在所不辞,也表明自己不论过去还是将来,所作所为的初衷都是为了"利国家"。颈联感谢君王,认为贬谪已是君王对自己的宽厚处分,实际是借此宽解家人,解除家人对自己远行的担忧。尾联借用典故,以戏谑的口吻告别家人,显示出诗人的乐观与旷达。

这首诗的要义,在"苟利国家生死以,岂因祸福避趋之"二句,即一切以国家利益为重,不计较个人的得失与祸福,即使献出自己的生命也在所不惜。这种高尚的情操、博大的胸怀,永远闪耀着爱国主义思想的光辉!在伊犁三年,诗人也的确没有因被流放远地而意志消沉,而是奔走呼吁、筹划组织垦荒屯田、兴修水利,为当地的发展建设做出了积极贡献。

第一部分 爱国

第二部分

孝　义

蓼 莪

《诗经》①

蓼蓼者莪②,匪莪伊蒿③。
哀哀父母,生我劬劳④。
蓼蓼者莪,匪莪伊蔚⑤。
哀哀父母,生我劳瘁。
瓶之罄矣⑥,维罍之耻⑦。
鲜民之生⑧,不如死之久矣!
无父何怙⑨?无母何恃?
出则衔恤⑩,入则靡至⑪。
父兮生我,母兮鞠我⑫。
拊我畜我⑬,长我育我。
顾我复我⑭,出入腹我⑮。
欲报之德,昊天罔极⑯!
南山烈烈⑰,飘风发发⑱。
民莫不穀⑲,我独何害?
南山律律,飘风弗弗。
民莫不穀,我独不卒⑳!

【注释】

①《诗经》:我国第一部诗歌总集,收集了西周初年到春秋中叶五百多年间的诗歌共305篇。内容分为《风》《雅》《颂》三个部分,《雅》又分《小雅》《大雅》两部分。为儒家经典著作"五经"之一。

② 蓼蓼:又长又大的样子。莪(é):一种草,即莪蒿。李时珍《本草纲目》:"莪抱根丛生,俗谓之抱娘蒿。"

③ 匪:同"非"。伊:是。蒿:即蒿子,有青蒿、白蒿两种。

④ 劬(qú)劳:与下章"劳瘁"都是过度劳累之意。

⑤ 蔚:一种草,即牡蒿。

⑥ 瓶:汲水器具。罄:尽。

⑦ 维:语助词,无义。罍(léi):盛水器具。

⑧ 鲜:指寡、孤。

⑨ 怙(hù):依靠、依赖。下句"恃",意同。

⑩ 衔恤:含忧。

⑪ 靡至:没有亲人。《说文》:"至,亲也。"

⑫ 鞠:养。

⑬ 拊:通"抚",抚养、抚育。畜:通"慉",喜爱、疼爱。

⑭ 顾:顾念。复:返回,指不忍离去。

⑮ 腹:指怀抱。

⑯ "欲报"二句:大意是说,我想报答父母养育之恩,但不知道上天能不能给我这样的机会,因为世事难测,祸福难料。昊天:上天。罔:没有。极:准则,定准。

⑰ 烈烈:同后文"律律",都是形容风大的样子。

⑱ 发发:与下文"弗弗",都是指风声。

第二部分　孝义

43

⑲ 不穀(gǔ):不好的、不幸的事。榖,美善的。

⑳ 卒:终,指终老。

【赏析】

　　这首诗是《诗经·小雅》中的名篇。关于此诗的创作背景,《毛诗序》说是讽刺幽王:"《蓼莪》,刺幽王也,民人劳苦,孝子不得终养尔。"但这种解释,却"非诗人本意"(《诗本义》),诗人抒写的应当是对父母养育之恩的感念,以及不能终养父母的痛苦。

　　全诗共六章。首尾四章每章四句,中间二章每章八句。起首两章运用了《诗经》中惯用的起兴手法,以"蓼蓼者莪"起兴,由蒿、蔚联想到父母抚养自己的"劬劳"、"劳瘁",把一个孝子不能行"孝"的悲伤之情呈现了出来。第三章讲述自己已经失去父母,孤苦无依。第四章悲诉父母养育恩泽难报,其情可哀。第五章和第六章接续前四章,以南山和烈风起兴,渲染了一种肃杀悲凉的氛围,把不能回报父母、终养父母的遗憾和绝望心情刻画得淋漓尽致,读之令人动容。

　　这首诗所表达的孝念父母之情对后世影响深远。《晋书·孝友传》载王裒因痛感父亲无罪被处死,隐居教授,"及读《诗》至'哀哀父母,生我劬劳',未尝不三复流涕,门人受业者并废《蓼莪》之篇"。又《齐书·高逸传》载顾欢在天台山授徒,因"早孤","每读《诗》至'哀哀父母',辄执书恸泣,学者由是废《蓼莪》"。"树欲静而风不止,子欲养而亲不待。"感念父母,及时行孝,已成为人们的共识。人同此心,今古皆然。

楚　茨

《诗经》①

楚楚者茨②,言抽其棘③,自昔何为?我蓺黍稷④。我黍与与⑤,我稷翼翼⑥。我仓既盈,我庾维亿⑦。以为酒食,以享以祀⑧,以妥以侑⑨,以介景福⑩。

济济跄跄⑪,絜尔牛羊⑫,以往烝尝。或剥或亨,或肆或将⑬。祝祭于祊⑭,祀事孔明⑮。先祖是皇⑯,神保是飨⑰。孝孙有庆⑱,报以介福,万寿无疆!

执爨踖踖⑲,为俎孔硕⑳,或燔或炙㉑。君妇莫莫㉒,为豆孔庶㉓,为宾为客。献酬交错㉔,礼仪卒度㉕,笑语卒获。神保是格㉖,报以介福,万寿攸酢㉗!我孔熯矣㉘,式礼莫愆㉙。工祝致告㉚,徂赉孝孙㉛。苾芬孝祀㉜,神嗜饮食㉝。卜尔百福㉞,如畿如式㉟。既齐既稷㊱,既匡既敕㊲。永锡尔极㊳,时万时亿㊴!

礼仪既备,钟鼓既戒㊵,孝孙徂位㊶,工祝致告。神具醉止,皇尸载起㊷。鼓钟送尸,神保聿归㊸。诸宰君妇,废彻不

第二部分　孝义

迟㊹。诸父兄弟,备言燕私。

乐具入奏,以绥后禄。尔殽既将㊺,莫怨具庆㊻。既醉既饱,小大稽首。神嗜饮食,使君寿考㊼。孔惠孔时㊽,维其尽之㊾。子子孙孙,勿替引之㊿!

【注释】

① 《诗经》简介,见前《蓼莪》注①。

② 楚楚:植物丛生。茨:蒺藜,一年生草本植物,有刺。

③ 抽:拔除。棘:刺。

④ 蓺(yì):即"艺",种植。黍稷:古代主要农作物,亦泛指五谷。

⑤ 与与:茂盛的样子。

⑥ 翼翼:整齐的样子。

⑦ 庾(yǔ):用草围成的圆形露天粮仓。亿:形容多。

⑧ 享:即"飨",上供,祭献。祀:祭祀。

⑨ 妥:安坐。侑:劝进酒食。

⑩ 介:求。景福:大的福祉。

⑪ 济(jǐ)济:严肃恭敬的样子。跄(qiāng)跄:步趋有节的样子。

⑫ 絜:同"洁",清洗。

⑬ 肆:陈列,指将祭肉盛于鼎俎中。将:捧着献上。

⑭ 祝:太祝,司祭礼的人。祊(bēng):设祭的地方,在宗庙门内。

⑮ 孔:很。明:备,指仪式完备。

⑯ 皇:神灵徘徊。

⑰ 神保:神灵,指祖先之灵。飨:享受祭祀。

⑱ 孝孙:主祭之人。庆:福。

⑲ 执:执掌。爨(cuàn):炊,烧菜煮饭。踖(jí)踖:恭谨敏捷的样子。

⑳ 俎(zǔ):祭祀时盛牲肉的铜制礼器。硕:大。

㉑ 燔(fán)、炙:烤肉。

㉒ 君妇:天子、诸侯及其妻子。莫莫:恭谨。

第二部分 孝义

㉓ 豆:食器,形状为高脚盘。庶:众,多。

㉔ 献:主人向宾客敬酒。酬:宾客向主人回敬。

㉕ 卒:尽,完全。度:法度。

㉖ 格:至,来到。

㉗ 攸:乃。酢(zuò):报。

㉘ 熯(hǎn):通"戁",敬惧。

㉙ 式:发语词。愆(qiān):过失,差错。

㉚ 工祝:太祝。致告:代神致辞,以告祭者。

㉛ 徂(cú):往,一说通"且"。赉(lài):赐予。

㉜ 苾(bì):浓香。孝祀:犹享祀,指神享受祭祀。

㉝ 嗜:喜欢,满意。

㉞ 卜:给予,赐予。

㉟ 如:合。畿(jī):借为期。式:法,制度。

㊱ 齐(zhāi):通"斋",庄敬。稷:疾,敏捷。

㊲ 匡:正,端正。敕:通"饬",严整。

㊳ 锡:赐。极:至,指最大的福气。

㊴ 时:是,一说训诚。

㊵ 戒:备,一说训告。

㊶ 徂位:指孝孙回到原位。

㊷ 皇尸:代表神祇受祭的人。皇:大,赞美之词。载:则,就。

㊸ 聿(yù):乃。

㊹ 废:去。彻:通"撤"。废彻谓撤去祭品。不迟:不慢。

㊺ 将:美好。

㊻ 莫怨具庆:指参加宴会的人皆相庆贺而无怨词。

㊼ 寿考:长寿。

㊽ 惠:顺利。时:善,好。

㊾ 维:同"唯",只有。其:指主人。尽之:尽其礼仪,指主人完全遵守祭祀礼节。

㊿ 替:废。引:延长。引之,指长行此祭祀祖先之礼仪。

【赏析】

　　这首诗出自《诗经·小雅》,是一首用于祭祖仪式的乐歌。周代是一个讲求礼制的时代,周朝的贵族很重视礼仪的仪式感,他们认为只有通过仪式感才可以传达出他们内心对于祖先的敬爱,同时起到团结家族的作用。因此,周代统治者制定出了严格的礼仪制度,对一切仪式性的活动都做出了细致的规定,也就是流传于后世的《周礼》。而在所有仪式性活动中,最重要的就是国家级别的祭祖仪式,也就是这首《楚茨》中描绘的周天子祭祖大典。

　　诗中事无巨细地描写了祭祀场面的盛大、贡品的丰富、参与祭祀之人的恭敬虔诚,同时也表现出了上古时期祭祀流程的繁琐。尽管祭祀的礼仪和过程很繁琐,参与祭祀的人依然认真而耐心地完成了。同时告诫子孙晚辈,一定要严守祭祀礼仪,把这种严格的祭祀流程千秋万代地延续下去,这样才能得到祖先的护佑。

　　虽然这首诗并不像《国风》中的诗那样具有感发人心的艺术力量,但其典雅庄严的风格正与祭祀典礼的肃穆庄重相合,真切地传达出了祭祀典礼应有的仪式感。

孝经诗二章

[晋]傅咸①

一

立身行道,始于事亲②。
上下无怨,不恶于人③。
孝无终始,不离其身。
三者备矣④,以临其民⑤。

二

以孝事君,不离令名⑥。
进思尽忠⑦,义则不争。
匡救其恶⑧,灾害不生。
孝悌之至⑨,通于神明。

【注释】

① 傅咸(239—294),字长虞,泥阳(今陕西耀县东南)人,著名哲学家、文学家傅玄之子,曾任御史中丞,后又兼任司隶校尉。傅咸是西晋文学家,魏晋文坛复古文风的代表人物,有《傅中丞集》传世。

② 事亲:侍奉双亲。

③ 恶:厌恶,憎恨。

④ 三者:指服饰、言语、德行。

⑤ 临:治理、管理。

⑥ 令名:好的声誉。令,美好。《诗经》:"岂弟君子,莫不令仪。"

⑦ 进:指上朝见君王。

⑧ 匡:纠正,扶正。

⑨ 悌(tì):敬爱兄长。至:极致。

【赏析】

这是两首集句诗。诗人从《孝经》篇章中,分别选取原句,再巧妙组合而成。集句诗也叫集锦诗,傅咸在家风家学的影响下,首开了集句诗这一诗赋模式。

在第一章中,作者写道:立身行道是从侍奉父母开始的。孝道没有始终,应始终不离其身。在服饰、言语、行为三方面都合乎孝道者,才能够为官行政、治理天下、管理百姓。

在第二章中,作者写道:有孝行的人侍奉国君一定能尽心,一定能获得美好的声誉。这样的人能竭尽忠心,对道义之事不争辩,而对过失的行为则能及时加以匡正补救,避免灾害的发生。对父母兄长孝敬顺从到了极致的地步,是可以通达于神明的。全篇要义落在

第二部分　孝义

了"孝"字上。

　　傅咸认为孝是维持家庭、国家、社会稳定的重要因素,也是个人最重要的品质。两首诗表达了作者浓重的儒家政治理想,充满着仁德忠孝观念。傅氏家族一向注重家风传承,以儒学传家,傅咸就是其家风形成和传承中的一个重要人物。

赠长沙公

[晋]陶渊明①

其一

同源分流②,人易世疏,
慨然寤叹③,念兹厥初④。
礼服遂悠⑤,岁月眇徂⑥,
感彼行路,眷然踌躇⑦。

其二

于穆令族⑧,允构斯堂⑨。
谐气冬暄⑩,映怀圭璋⑪。
爰采春华⑫,载警秋霜⑬。
我曰钦哉⑭!实宗之光。

其三

伊余云遘⑮,在长忘同⑯。
笑言未久,逝焉西东⑰。
遥遥三湘⑱,滔滔九江⑲。
山川阻远,行李时通⑳。

其四

何以写心,此贻话言。
进篑虽微,终焉为山㉑。
敬哉离人,临路凄然。
款襟或辽㉒,音问其先㉓。

【注释】

① 陶渊明(约365—427),又名潜,字元亮,自号五柳先生,私谥"靖节",世称靖节先生,浔阳柴桑(今江西九江)人。曾任江州祭酒、建威参军、镇军参军等职。最后出任彭泽县令,任职八十多天便弃职而去,从此归隐田园。东晋末至南朝宋初伟大的文学家,中国第一位田园诗人。有《陶渊明集》传世。长沙公:指陶延寿,与陶渊明同族,是陶渊明曾祖父陶侃的玄孙,比陶渊明晚一辈。

② 同源:指有共同的祖先。分流:指家族的不同支脉。

③ 寤叹:睡不着时的叹息。

④ 厥初:最初,指家族的开端。

⑤ 礼服:祭祀仪式时穿的礼服。悠:远,这里指差别。古人在家族的祭祀仪式上用不同的礼服区别嫡系、旁系等。

⑥ 眇徂:年代久远,眇通"渺"。

⑦ 眷然:回顾。跨蹰:徘徊。

⑧ 于穆:赞叹之辞。令族:名门世族。

⑨ 允构斯堂:指子承父业,承袭爵位。

⑩ 谐气冬暄:和谐的气度像冬天的暖阳一样。

⑪ 映怀圭璋:怀揣宝贵的玉器,这里是赞美长沙公的才华与品德。

⑫ 爰(yuán)采春华:光彩如同春天的花,比喻长沙公风华正茂。

⑬ 载警秋霜:赞誉长沙公居安思危。

⑭ 钦哉:赞叹的语气。

⑮ 伊余:作者自指。云遘(gòu):相遇。此句中"伊""云"二字皆为语助词。

⑯ 长:长辈。同:同辈。

⑰ 逝:去、往,这里指分别。

⑱ 三湘:泛指湖南地区,指长沙公的封地。
⑲ 九江:即浔阳,作者所居之地。
⑳ 行李:信使。
㉑ 篑:盛土的竹器。这两句的意思是说,一筐土虽少,但积少成多,最终可累积成山。比喻长沙公从微小的事情开始积累,最终可以成就一番大功业。
㉒ 款襟:畅叙胸怀。
㉓ 音问其先:经常互通音讯。

【赏析】

　　这首诗原有序:"余于长沙公为族,祖同出大司马。昭穆既远,以为路人。经过浔阳,临别赠此。"大意是说:陶渊明和长沙公陶延寿本是同族,都是大司马陶侃的后代,但因为嫡系和旁支的分别,两家人逐渐疏远,以至于形同路人,长沙公路过陶渊明居住的浔阳,两人相聚甚欢,在离别的时候,陶渊明写了这首诗送给长沙公。

　　陶延寿和陶渊明有着共同的祖先陶侃。陶侃是东晋名臣,曾任太尉,封长沙郡公,后拜大将军,死后追赠大司马。陶延寿是陶侃的嫡系后代,因此世袭了"长沙郡公"的爵位,而陶渊明则是旁支。中国古代被封赏爵位的大家族,由于继承权的问题,要在后代子孙中区分嫡庶,只有嫡长子才可以继承世袭的爵位。这种制度实际上造成了家族内部的不平等,虽然可以在一定程度上避免继承权的纷争,但也容易使不同的支脉日渐疏远,最终造成家族的分裂。陶延寿和陶渊明,就是在这种情况下已然疏远的同宗。因此,他们的这次相聚,实际上是将原本已经分裂的两支家族支脉重新聚合在一起,是亲情的失而复得。故而陶渊明在诗中的喜悦之情溢于言表,与陶延寿的惜别之意也同样真挚动人。

送杨氏女

[唐]韦应物①

永日方戚戚②,出行复悠悠③。
女子今有行④,大江溯轻舟⑤。
尔辈苦无恃⑥,抚念益慈柔。
幼为长所育⑦,两别泣不休。
对此结中肠⑧,义往难复留⑨。
自小阙内训⑩,事姑贻我忧⑪。
赖兹托令门⑫,任恤庶无尤⑬。
贫俭诚所尚⑭,资从岂待周⑮。
孝恭遵妇道,容止顺其猷⑯。
别离在今晨,见尔当何秋⑰。
居闲始自遣⑱,临感忽难收⑲。
归来视幼女,零泪缘缨流⑳。

【注释】

① 韦应物(737—791),京兆万年(今陕西西安)人。出身望族,少有侠气,曾为玄宗侍卫。历任滁州刺史、江州刺史、左司郎中,终苏州刺史,世称"韦苏州"。中唐著名诗人。其诗题材广泛,以田园山水诗最为著名。有《韦苏州集》。杨氏女:韦应物的女儿,因所嫁丈夫为"杨"姓,故称。韦应物有两个女儿,此为长女。

② 永日:整天。戚戚:悲伤忧愁的样子。

③ 悠悠:指路途遥远。

④ 行:指出嫁。

⑤ 溯:逆流而上。

⑥ 尔辈:你们。此指作者的两个女儿。无恃:指幼时无母。

⑦ "幼为"句:指小女儿是姐姐抚育长大的。

⑧ 结中肠:心中哀伤之情郁结。

⑨ 义往:指女大出嫁,理应前往夫家。

⑩ "自小"句:此句下有注:"言早无恃。"阙:通"缺"。内训:母亲的训导。

⑪ 事姑:侍奉婆婆。贻:留下。

⑫ 令门:好的人家。此处为对大女儿夫家的尊称。

⑬ 任恤:信任体恤。庶:希望。尤:过失。

⑭ 尚:崇尚。

⑮ 资从:指嫁妆。周:周全,完备。

⑯ 容止:仪容举止,泛指女子的言行。猷(yóu):规矩礼节。

⑰ 尔:你,指大女儿。当何秋:当在何年。

⑱ 居闲:闲暇时日。自遣:自我排遣。

⑲ 临感:临别感伤。
⑳ 零泪:落泪。缘:沿,顺着。缨:帽带。

【赏析】

　　作者早年丧妻,留下了两个年幼的女儿,父女相依为命,因此感情特别深厚。这首诗写于大女儿出嫁之时,作者心中无限感伤。然而女儿出嫁是天经地义的事,临行只有对其万千叮咛,谆谆告诫。

　　诗的开头写道:女儿要嫁往夫家,路途很是遥远。因妻子去世得早,女儿们很小就失去了母爱。想到女儿幼年丧母,自己身兼母之责,如今女儿马上就要与自己别离,心中实在是不舍。接着说:大女儿年龄要大一些,因此主动代替母亲承担起抚育小妹妹的责任,现在姐姐要出嫁了,姐妹情深,两个女儿抱着痛哭不已,此情此景,着实令人难过。作者把满腹愁情闷在肚里,女大当婚,岂能挽留呢?但女儿从小缺少母亲的教育,以后是否能跟婆婆相处和睦,这让作者在牵肠挂肚之外又很担忧。接下来作者又自我开解:幸好所嫁的是户善良人家,他们宽容、怜惜女儿,应该不会计较女儿的一些过失吧。之后,告诫新出嫁的女儿,一定要孝顺恭敬公婆,遵从妇道,仪容举止都应随顺规矩。同时又自述自己家风贵清廉、节俭,因此也没有顾及嫁妆的丰厚完备与否,希望女儿不要责怪自己这个做父亲的。最后几句,作者重述离别之情,感伤万分,不知何年才能再相见。送罢大女儿,回来看见仍在哭泣的小女儿,自己终于再也忍不住,眼泪顺着帽带不住地滚落下来。

　　这是一首感人至深的送女出嫁诗。全诗以朴素的笔调,将浓厚的父女情呈现在读者面前,读来令人感动,而又感伤不已。

游子吟

[唐]孟郊①

慈母手中线,游子身上衣②。
临行密密缝,意恐迟迟归③。
谁言寸草心④,报得三春晖⑤。

【注释】

① 孟郊(751—814),字东野,湖州武康(今浙江德清)人。家境贫寒,贞元十二年(796年)四十五岁时始中进士。曾任溧阳尉、水陆转运从事、试协律郎等职。中唐著名诗人。因其诗作擅长描写世态炎凉、民间疾苦,因此有"诗囚"之称。有《孟东野诗集》。

② 游子:远游旅居的人。诗中代指诗人自己。

③ 意恐:担心。

④ 寸草:小草。此以小草比喻子女。

⑤ 三春晖:春天灿烂的阳光,此喻慈母的恩情。三春,旧称农历正月为孟春,二月为仲春,三月为季春,合称"三春"。晖,指阳光。

【赏析】

这是一首五言古体诗,语言简洁质朴,感情深厚真挚。诗的前四句,作者采用白描手法,回忆与母亲相处中一个看似平常的临行前缝衣的场景,凸显并歌颂了母爱的伟大与无私,表达了对母亲深深的感激之情。特别是"临行密密缝,意恐迟迟归"二句,通过慈母为游子赶制出门衣服,将衣服缝得极其细密这一细节,揣摩出母亲对儿子在外太久、衣服会不耐穿的担忧。伟大的母爱,就是通过这样日常生活中的细节自然而然地流露出来的。最后两句,作者自比为小草,将母亲的爱比作春天的阳光,以反问抒胸臆,既表现了母亲的恩情无限、恩泽无边,又表达了儿女们难以报答亲恩于万一的巨大感慨和愧疚。这两句是全诗的主旨所在,千百年来赢得了无数读者的强烈共鸣。

这首诗创作于溧阳,题下作者自注为:"迎母溧上作。"孟郊早年漂泊无依,直到四十六时才中进士,五十岁才得到溧阳县尉的小官职,结束了长年漂泊的生活。孟郊到溧阳刚刚安顿下来,便赶忙将母亲接来同住。诗人仕途失意,饱尝世态炎凉,更能体味慈母情的可贵,便写下了这首感人至深的颂母诗,歌颂了人所共感的平凡而又伟大的母爱。同时,也体现了诗人感念母恩,思虑报答母爱的至纯孝心。

十二时行孝文

[唐]白居易①

平旦寅②,早起堂前参二亲。处分家中送疏水③,莫教父母唤频声。

日出卯,立身之本须行孝。甘饴盘中莫使空,时时奉上知饥饱。

食时辰,居家治务最须勤。无事等闲莫外宿,归来劳费父嫌憎。

隅中巳④,终孝之心不合二。竭力勤酬乳哺恩,自得名高上史记。

正南午⑤,侍奉尊亲莫辞诉。回干就湿长成人⑥,如今去合论辛苦⑦。

日昳未⑧,在家行孝兼行义。莫取妻言兄弟疏,却教父母流双泪。

晡时申⑨,父母堂前莫动尘。纵有些些不称意,向前小语善谘闻⑩。

日入酉,但愿父母得长寿。身如松柏色坚政⑪,莫学愚人多饮酒。

黄昏戌,下帘拂床早交毕。安置父母卧高堂,睡定然乃抽身出。

人定亥[12],父母年高须保爱。但能行孝向尊亲,总得扬名于后世。

夜半子,孝养父母存终始。百年恩爱暂时间,莫学愚人不欢喜。

鸡鸣丑,高楼大宅得安久。常劝父母发慈心,孝得题名终不朽。

【注释】

① 白居易(772—846),字乐天,号香山居士,祖籍太原(今山西太原)。贞元十六年(800年)进士,又登书判拔萃科、才识兼茂明于体用科。历秘书省校书郎、盩厔尉、翰林学士、左拾遗、杭州刺史、苏州刺史、太子宾客分司东都、河南尹、太子少傅等职。曾贬江州司马。中唐著名诗人,唐代新乐府运动的倡导者,与元稹合称"元白"。白居易强调诗歌的政治功能,并力求通俗易懂,据传他曾要求自己创作的诗作须得老妇人都能读懂。有《白氏长庆集》。十二时:古代将一昼夜分为十二时辰,即子、丑、寅、卯、辰、巳、午、未、申、酉、戌、亥。每一个时辰相当于现代的两个小时;子时为23:00—01:00,往后依次推衍。

② 平旦:天亮的时候。

③ 疏水:清水。

④ 隅中:快到中午的时候。

⑤ 正南:太阳在正南方,即正午之时。

⑥ 回干就湿:谓母亲育儿时,让婴儿居干处,自己就湿处。

⑦ 合:应该。

⑧ 昳(dié):指太阳偏西。

⑨ 晡(bū):傍晚。

⑩ 谘:同"咨",征询。

⑪ 政:即"正"。

⑫ 人定:夜深人静之时。

【赏析】

这是一首劝人行孝诗。诗中,作者写了十二时辰中应该怎样行孝。早上起床要到堂屋参拜双亲,不待父母亲吩咐,自己就要主动帮助承担家务。之后,要让父母吃好饭,盘中不能空。在家做事要勤快。若非正事不要在外面留宿,尽量每天能回家住,好让父母放心。侍奉父母不要抱怨辛苦。行孝的时候也要行义。娶妻之后不得偏听妻子可能的离间之语,使兄弟关系疏远,这样会使父母烦忧难过。父母若有不合自己心意的地方,一定要和颜悦色、小心谨慎地提醒父母。不要像那些愚笨的人那样饮很多酒,心里要常期盼父母长寿。黄昏时分,要安置父母休息,等他们睡熟后才能离开。夜深人静的时候,要思量父母年事已高,想着该如何孝养父母,才能报答父母之恩。内心要深信向尊亲行孝,定会显名于后世。半夜时,也不要忘了照看父母,侍奉父母要有始有终,不要把侍奉双亲当作厌烦的事。侍奉父母不仅要有孝心,还要劝父母发善心。

  百善孝为先。中华民族历来重视孝道,孝是中国几千年所形成并延续下来的传统。《孝经》说:"夫孝,天之经也,地之义也,民之行也。"孝在中国传统文化中被认为是天经地义的事,也是一个人美德的显现。这首诗就表达了作者对孝义的信奉,并明确了一天十二个时辰如何尽孝的具体行为,用以教化自家子弟。虽然现在看来其中的一些做法未免刻板,但诗中所含的孝敬父母的观念,却是人人都应该牢记于心,并努力付诸行动的。

书怀贻京邑同好

[唐]孟浩然①

维先自邹鲁②,家世重儒风。
诗礼袭遗训,趋庭沾末躬③。
昼夜常自强,词翰颇亦工。
三十既成立④,嗟吁命不通。
慈亲向羸老⑤,喜惧在深衷。
甘脆朝不足⑥,箪瓢夕屡空⑦。
执鞭慕夫子⑧,捧檄怀毛公⑨。
感激遂弹冠⑩,安能守固穷。
当途诉知己,投刺匪求蒙⑪。
秦楚邈离异⑫,翻飞何日同⑬。

【注释】

① 孟浩然简介，见前《送莫甥兼诸昆弟从韩司马入西军》注①。

② 邹鲁：邹国，孟子的故乡；鲁国，孔子的故乡。故常以"邹鲁"指代儒家文化昌盛的礼仪之邦。

③ 趋庭：典出《论语·季氏》："（孔子）尝独立，鲤趋而过庭。曰：'学《诗》乎？'对曰：'未也。''不学《诗》，无以言。'鲤退而学《诗》。"鲤为孔子之子伯鱼，后以"趋庭"指代承受父亲的教诲。

④《论语·为政》："吾十有五而志于学。三十而立。四十而不惑。五十而知天命。六十而耳顺。七十而从心所欲，不逾矩。"

⑤ 羸老：衰老。

⑥ 甘脆：甘美可口的饭菜。

⑦ 箪（dān）：盛放饭菜的容器。瓢：盛放饮品的容器。箪瓢屡空：典出陶渊明《五柳先生传》："环堵萧然，不蔽风日，短穿结，箪瓢屡空。"

⑧ 执鞭：执鞭驾车，指代卑微的差役。夫子：即孔子。夫子执鞭，典出《论语·述而》："富而可求也，虽执鞭之士，吾亦为之。"

⑨ 毛公：东汉人毛义。捧檄：典出《后汉书·刘赵淳于江刘周赵列传序》："庐江毛义少节，家贫，以孝行称。……府檄适至，以义守令，义奉檄而入，喜动颜色。……及义母死，去官行服。"即孝子毛义为奉养母亲违心出仕，母亲死后便辞去职务。

⑩ 弹冠：指出仕做官。

⑪ 投刺：投递名帖，古人向位高者通报姓名以求相见或表示祝贺的方式。

⑫ 离异：分隔遥远。

家风诗词

⑬ 翻飞：比喻世事变幻无常。

【赏析】

这首诗是孟浩然写给京城的朋友的一首干谒之作，表达自己怀才不遇的境遇，并希望在京的朋友能够施以援手，将自己推荐给科举主考官，从而能够顺利入仕，一展抱负。

除了表达渴望入仕为官的愿望，孟浩然在诗中还自述身世，表明自己出身于"世重儒风"的家庭，自己从小就得到父亲的教导，熟读儒家经典，勤奋自强，能写出一手好文章。儒家讲究"学而优则仕"，孟浩然既然认为自己有着很深厚的儒家文化修养，自然也就认为自己应当入仕为官，报效国家。这种人生志向并不是源于功名利禄的诱惑，而是在从小到大的儒学教育中根植于他的思想意识中的。因此，孟浩然渴望仕进，正体现着其"世重儒风"的家风。他屈身干谒，渴望援引，不仅是谋求个人理想与价值的实现，更是追求一种"光宗耀祖"的家族荣誉。

吾 雏

[唐]白居易①

吾雏字阿罗②,阿罗才七龄。
嗟吾不才子,怜尔无弟兄③。
抚养虽骄騃④,性识颇聪明⑤。
学母画眉样,效吾咏诗声。
我齿今欲堕,汝齿昨始生。
我头发尽落,汝顶髻初成。
老幼不相待,父衰汝孩婴。
缅想古人心,慈爱亦不轻。
蔡邕念文姬⑥,于公叹缇萦⑦。
敢求得汝力,但未忘父情⑧。

【注释】

① 白居易简介,见前《十二时行孝文》注①。

② 雏:幼鸟。此处指白居易的幼女阿罗。

③ "怜尔"句:白居易此时尚没有儿子。

④ 骄騃(ái):谓儿童天真可爱而不懂事。骄,通"娇"。騃,指呆痴,不明事理。

⑤ 性识:天分。

⑥ "蔡邕"句:蔡邕(yōng),字伯喈,东汉末年文学家、书法家,三国时期著名才女蔡琰(字文姬)之父。蔡邕非常看重自己的女儿文姬,苦心养育,从小就注意培养文姬对文学和音乐的兴趣。

⑦ "于公"句:于公,即淳于意,西汉著名医学家。缇(tí)萦,即淳于缇萦,淳于意之女。淳于意长期行医民间,不肯趋炎附势,因此被权贵罗织罪名,送京都长安受刑。其幼女淳于缇萦毅然随父赴京,上书汉文帝,痛陈父亲无罪,并自请代父受刑。文帝受到感动,宽免了淳于意。

⑧ 父情:诗中指代父亲对女儿的深情。

【赏析】

这首诗作于长庆二年(822年),白居易时在杭州。

白居易三十八岁时曾得一女,名为"金銮子",但两岁时夭折。四十六岁时,白居易才又喜得一女,取名阿罗。对迟得的掌上明珠,诗人深沉的爱女之心显于笔端。这首诗的大意是:我的小女儿名字叫阿罗,今年才七岁。我这可怜的孩子,也没有个弟兄做伴。阿罗虽然有点娇憨顽皮但很聪明,经常模仿妈妈画眉,也学我吟诵诗句。

我牙齿都松动快掉了,而她才刚刚长牙;我头发都掉落了,而她的头发才刚长到能梳发髻。做父亲的我年老了,而幼女尚小。不求女儿能给我养老,只要她不忘记父亲对她的疼爱就够了。

  这首诗的要义,在"敢求得汝力,但未忘父情"二句。这两句诗虽说不求女儿养老,但也透露出父亲期望女儿能够孝敬父母,不要忘记父母恩情的心理。

留诲曹师等诗

[唐]杜 牧①

万物有丑好,各一姿状分。
唯人即不尔②,学与不学论。
学非探其花③,要自拨其根。
孝友与诚实④,而不忘尔言。
根本既深实,柯叶自滋繁⑤。
念尔无忽此,期以庆吾门。

【注释】

①杜牧(803—852),字牧之,号樊川居士,京兆万年(今陕西西安)人。宰相杜佑之孙。文宗大和二年(828年)进士,又举贤良方正科,授弘文馆校书郎。历任黄州、池州、睦州、湖州刺史及中书舍人等职。晚唐著名诗人、散文家。其诗情致豪迈、高华俊爽,与李商隐并称"小李杜"。因晚年居长安南樊川别墅,故世称"杜樊川"。有《樊川文集》。诲:教导。曹师:杜牧次子杜晦辞,小名曹师。

②不尔:不这样。

③探:此为采摘意。

④孝友:孝顺父母,友爱弟兄。

⑤柯:草木的枝茎。滋繁:滋生繁多。

【赏析】

这是一首作者在弥留之际写给儿女们的诗。

首四句,作者说世上万物有丑的也有美的,因其不同的姿态而被区分开来;但人却不是这样,而是以学与不学来区分开来的。五、六句中,作者说明了做学问的方法:学习不能只探求事物外表的花样,而要把问题的根子都刨出来,即要探究其根本,不能浅尝辄止。接着告诫子女:要孝敬父母长辈,友爱兄弟姊妹,这是你们做过的承诺,不要忘记。最后强调,孝友与诚实的根本深厚了,人生之树才会向上生长,才会长得枝叶繁茂。如果能谨记这些道理并努力实践之,光耀门庭就有希望了。

诗中,作者结合自己的生平经历,给儿女们讲述了为学的方法和做人的道理。殷殷勉励之情和切切期盼之意,跃然纸上。

留别舍弟

[唐]王建①

孤贱相长育②,未曾为远游。
谁不重欢爱,晨昏阙珍羞③。
出门念衣单,草木当穷秋。
非疾有忧叹,实为人子尤④。
世情本难合,对面隔山丘。
况复干戈地⑤,懦夫何所投。
与尔俱长成,尚为沟壑忧⑥。
岂非轻岁月,少小不勤修。
从今解思量,勉力谋善猷⑦。
但得成尔身⑧,衣食宁我求。
固合受此训,堕慢为身羞⑨。
岁暮当归来,慎莫怀远游。

【注释】

① 舍弟：对弟弟的谦称。王建（约767—830），字仲初，许州（今河南许昌）人。出身低微，一生穷困潦倒。曾从军，约46岁入仕，历任昭应县丞、太常寺丞、陕州司马等职，世称王司马。与张籍友善，乐府诗创作与之齐名，世称"张王"。

② 孤贱：孤苦低贱，诗人出身低微。相长育：指兄弟二人彼此相伴长大。

③ 阙：通"缺"，缺少。珍羞：又作"珍馐"，高级的美味菜肴。

④ 尤：通"忧"。

⑤ 干戈地：发生战乱的地方。

⑥ 沟壑：指代野死之处或困厄之境，即所谓的"填沟壑"。

⑦ 善猷：好的前程。

⑧ 成尔身：使你有所成就。

⑨ 堕慢：怠惰懒散。

【赏析】

王建是一位出身寒微的诗人，和自己的弟弟在贫贱的环境中一起长大，兄弟二人的感情自然是强烈而真挚的。王建曾从军，这首诗或许是他投身行伍前写给弟弟的。

从诗句"未曾为远游"看，此前兄弟二人从未分离过，谁都没有离家出过远门，而王建这次离开，并非大多数唐代诗人那样的"壮游"，而是迫于生计不得不外出从军。因此，这首诗中并没有唐代士人渴望建功立业的豪情壮志，只有诗人与弟弟的依依惜别之情。而诗人奔赴生死未卜的"干戈地"，也不仅仅是为了解决自己的"衣食",更主要是为了能解决弟弟的后顾之忧,以便让弟弟有所成就,所以他告诫弟弟不要懒惰怠慢。与此同时,诗人也不忘宽慰弟弟,告诉他远游的自己"岁暮当归来",千万不要也像自己一样去"远游"。诗人之所以这样说,应当是觉得自己一个人去从军就够了,不能让弟弟一起去涉足险地。这种牺牲自己为弟弟铺平道路的精神,体现了兄弟间深刻的手足之情。

训子诗(其一)

[五代]黄峭①

一诚我儿念性天,从头细读《蓼莪》篇②。
功劳十载衣衫破③,乳哺三年骨肉穿。
虞舜耕田称大孝④,仲由负米说前贤⑤。
羔羊乌鸟犹知报⑥,汝辈须当孝敬先。

【注释】

①黄峭(872—953),字仁静,号青岗,其后裔尊称他为峭公或峭山公。幼年聪明好学,颇有智略。后因平乱勤王有功,官至工部侍郎。唐朝灭亡后,绝食数日,弃官归隐,返乡创办和平书院,以教谕后人。

②《蓼莪》:即《诗经·小雅》中的《蓼莪》一诗。全诗感念父母辛劳,思量好好孝敬父母。

③功劳:辛勤劳动。

④虞舜耕田:此处用了"虞舜大孝,竭力于田。象鸟相助,孝感动天"的典故。

⑤仲由负米:仲由,即孔子的学生子路。仲由家贫,辛勤奉养父母,自己常食粗陋的野菜,而亲自为双亲从百里之外背米回家。

⑥"羔羊"句:此处用羊羔跪乳、乌鸦反哺的典故。犹:尚且。报:报答,报恩。

【赏析】

黄峭《训子诗》共21首,每首一诫。这是其中的第一首。

开头两句,作者首先告诫子女,讲孝道是人的天性。子女们须要从头细读、品味《诗经》中的《蓼莪》篇。"功劳十载衣衫破,乳哺三年骨肉穿。"在这两句诗里,作者讲述了父母的养育之恩:为了抚养子女,十年来尽是穿的破旧衣衫,这三年喂养幼子,心都操碎了,身体也累垮了,但是父母无怨无悔。也就是说,父母对子女的养育恩情是无私的。接着,作者以历史上两个大孝的故事"虞舜耕田"、"仲由负米"为例,来教育子女应当尽孝。"羔羊乌鸟犹知报,汝辈须当孝敬先。"最后又进一步强调：连羔羊和乌鸦这样的动物都知道感恩、回报父母，人就更应该如此了。

　　当然，在这首诗中，作为父母的作者，自然不是在要求子女报答自己，而是说，懂得感恩和尽孝，是人的重要品性。是否遵行孝道，是关乎完善人格、立身行道的大问题。正是在这个意义上，显示出了这首诗主旨的深刻。

戒从子诗(节选)

[宋]范质①

戒尔学立身,莫若先孝悌②。
怡怡奉亲长③,不敢生骄易④。

【注释】

① 范质(911—964),字文素,大名宗城(今河北邢台威县)人。后唐长兴四年(933年)登进士第,官至户部侍郎。有文集30卷。范质的侄子范杲上奏请求迁升秩阶,范质作诗晓谕他,当时人遍为传诵作为劝诫。

② 莫若:不过,莫过。孝悌:孝,指孝敬父母;悌,指友爱兄弟姊妹。

③ 怡怡:和顺、恭顺的样子。《论语·子路》:"切切偲偲,怡怡如也,可谓士矣。"奉:侍奉。尊长:对地位或辈分高者的敬称。《礼记·少仪》:"尊长于己逾等,不敢问其年。"

④ 骄易:傲慢轻率。宋范仲淹《耀州谢上表》:"辞颇骄易,亦有怨尤。"

【赏析】

这首诗是范质《戒从子诗》的节选。诗中,作者强调了孝悌的观念。开篇,作者写道:学习立身处世之道,首先一条就是要做到孝顺父母,友爱兄弟。那么,如何才能做到孝悌呢?作者继续说:就是要和顺恭敬,不能有傲慢轻率的样子和态度。节录的这几句诗传达了作者把孝悌放在子女品质教育首要位置的观念。

儒家非常重视孝悌,认为孝悌是做人、为学的根本。这首诗就是这种思想观念的体现。

寒食亲拜二坟因诫子侄

[宋]韩琦①

春色清且明,节盛一百五②。
寒食遵遗俗,泼火霁微雨③。
非才忝国恩④,因病得吾土⑤。
何以知殊荣,此日奉宗祖。
新安惟皇考⑥,丰安则王父⑦。
松楸各万株,岗势拥城府。
二茔相去间,近止一舍许⑧。
前晓揭旌牙⑨,蠲洁且罍俎⑩。
芬馨达孝诚,僾若侍容语。
礼成无一违,观者竞墙堵。
退惟愚小子,未老膺旌斧。
顾己胡能然⑫,世德大门户。
思为后嗣诫,永永著家矩。
子侄听吾言:汝各志心膂⑬。
汝曹生绮纨⑭,得仕匪难苦。
学业勤则成,富贵汝自取。

仁睦周吾亲,忠义报吾主。
闻须求便官,坟陇善完补。
死则托二茔,慎勿葬他所。
得从祖考游,魂魄自宁处。
无惑葬师言[15],背亲图福祜。
有一废吾言,汝行则臣虏[16]。
宗族正其罪,声伐可鸣鼓[17]。
宗族不绳之,鬼得而诛汝。

【注释】

① 韩琦(1008—1075),字稚圭,号赣叟,相州安阳(今河南安阳)人。天圣五年(1027年)进士,历任将作监丞、淄州通判、太常丞、直集贤院、陕西经略安抚副使、枢密副使、枢密使,后拜相。支持范仲淹领导的庆历新政。有《安阳集》传世。

② 一百五:寒食节在冬至后的第105天,因此也被称为"百五节"。

③ 泼火:即泼火雨,寒食节禁火,故寒食当天下的雨叫"泼火雨"。

④ 非才:即不才,谦称。

⑤ 吾土:故乡。

⑥ 新安:韩琦家族在故乡有两处墓地,一在新安,今安阳市水冶镇西,一在丰安,今安阳市殷都区北蒙办事处皇甫屯村西。皇考:曾祖父。

⑦ 丰安:见注⑥。王父:祖父。

⑧ 一舍:古代以三十里为一舍。

⑨ 旌牙:旌旗和牙旗,代指韩琦前往祭祖的仪仗。

⑩ 蠲洁:清洁。罍俎:盛放酒和祭品的礼器。

⑪ 芬馨:形容焚香的气味。达孝:最大的孝道,达通"大"。

⑫ 顾己:自问。

⑬ 志心膂:铭记在心中。

⑭ 汝曹:你们。绮纨:华丽的丝织品,代指富贵人家。

⑮ 葬师:替人挑选坟地的风水先生。

⑯ 臣虏:像蛮夷一样不懂礼制。

⑰ 鸣鼓:鸣鼓而攻之,典出《论语·先进》:"季氏富于周公,而求也为之聚敛而附益之。子曰:'非吾徒也。小子鸣鼓而攻之,可也。'"

第二部分 孝义

【赏析】

　　这是韩琦在回乡祭祀祖先坟茔时写给儿辈、孙辈的一首劝诫诗,主旨是告诫子孙后代要敬畏祖先,敦亲睦族。

　　这首长诗大体可划分为三个部分。从开篇到"近止一舍许"为第一部分,概述韩氏祖坟的地理位置;此后至"世德大门户"为第二部分,描述祭祖仪式的场面,表达自己对祖先的恭敬;剩下的是第三部分,也是这首诗真正的命意所在,即对子孙后代的告诫。

　　在中国古代的乡土社会中,人们秉持以"宗法"为核心的大家族观念,希望所有家族成员团结一心,世代生活在一起。共同的"祖宗"被视为家族成员共同的精神依归,因此祖坟也就成为维系家族认同感的最重要的物质形式。一个家族人丁兴旺,代表着这个家族的繁盛,但"分家"的风险也随之提升。所以,对晚辈进行"认祖归宗"的教育,乃家族长辈的分内之事。韩琦在诗中首先不厌其烦地详细描述两处家族坟茔的地理位置,就是向晚辈强调认祖归宗的重要意义;然后描写自己祭祖的盛大场面,以至于"观者竞墙堵",一方面是想通过虔诚、肃穆的仪式让晚辈铭记对祖先的敬畏之心,另一方面也是希望在他们心中建立"世德大门户"的家族自豪感;最后,韩琦义正辞严地规训族中子弟:不仅要勤学苦读求取功名,还要维护家族的团结;不仅要及时修缮祖宗和长辈的坟茔,还要"死则托二茔,慎勿葬他所",如有违逆者,不仅家族亲人可以讨伐他,祖先在天之灵也不会放过他。韩琦如此铿锵有力的训诫,无非是希望家族世代和睦,让认祖归宗、落叶归根的思想观念在家族成员的心中永远传承下去。

第三部分

勤　　读

家 风 诗

[晋]潘岳①

绾发绾发②,发亦鬓止③。
日祗日祗④,敬亦慎止。
靡专靡有,受之父母⑤。
鸣鹤匪和⑥,析薪弗荷⑦。
隐忧孔疚⑧,我堂靡构⑨。
义方既训⑩,家道颖颖⑪。
岂敢荒宁⑫,一日三省⑬。

【注释】

① 潘岳(247—300),即潘安,字安仁,荥阳中牟(今河南中牟东)人。曾为河阳及怀县县令,累迁给事黄门郎。西晋文学家,与陆机并称"潘江陆海"。有《潘黄门集》传世。

② 绾(wǎn)发:指束发。《隋书·儒林传·刘炫》:"余从绾发以来,迄于白首。"

③ 鬒(zhěn):指头发又黑又密的样子。止:语气助词。

④ 祗(zhī):恭敬。《说文》:"祗,敬也。"

⑤ "靡专"二句:此处化用"身体发肤,受之父母"的典故。《孝经·开宗明义》:"身体发肤,受之父母,不敢毁伤,孝之始也。立身行道,扬名于后世,以显父母,孝之终也。"靡:无,没有。《诗经·大雅·荡》:"靡不有初,鲜克有终。"

⑥ 匪:表否定,相当于"无""不"。何景明《送崔氏》:"深言匪由衷,白首为无误。"

⑦ 析薪弗荷:父亲劈柴,儿子背负不动。此处指不能发扬家风、继承父业。《左传·昭公七年》:"古人有言曰:其父析薪,其子弗克负荷。施(丰施)将惧不能任其先人之禄。"《三国志·魏志·王肃传》:"王朗文博富赡,……王肃亮直多闻,能析薪哉!"析薪:劈柴。荷:承担、承受。

⑧ 孔:很、大。

⑨ 我堂靡构:意谓不能继承祖先的遗业。

⑩ 义方:指为人处世应遵循的正道。

⑪ 颖颖:出众,脱颖而出。

⑫ 荒宁:怠惰,废弃。

⑬ 一日三省：意思是每天多次自我反省。典出《论语·学而》："曾子曰：'吾日三省吾身。'"

【赏析】

　　这首《家风诗》是四言诗。这种形式的诗歌在魏晋时期非常流行，曹操的《观沧海》《龟虽寿》等就是。这首诗强调了优良家风对人的影响，在颂扬祖辈优良家风的同时，也表明了要继承并弘扬家风的决心。

　　诗的大意是：把乌黑浓密的头发束起来，进入了成年人行列。每日都要恭敬谨慎地对待自身，身体发肤是父母所授，并非自己所专有。鹤在北山上鸣叫，鹤子不能应和，就如我若不能继承发扬家风，内心会深感痛苦、无法排解一样。严谨的家规家风既然已经确定，那就必须坚守之、承继之，努力施行，一日三省，随时随地检点自己，而不能有丝毫的懈怠。

责 子

[晋]陶渊明①

白发被两鬓②,肌肤不复实③。
虽有五男儿④,总不好纸笔。
阿舒已二八⑤,懒惰故无匹⑥。
阿宣行志学⑦,而不爱文术⑧。
雍端年十三⑨,不识六与七。
通子垂九龄⑩,但觅梨与栗。
天运苟如此⑪,且进杯中物⑫。

【注释】

① 陶渊明简介，见前《赠长沙公》注①。

② 被：同"披"，覆盖。

③ 肌肤：指身体。实：健康，结实。

④ 五男儿：指陶渊明的五个儿子，大名分别是俨、俟、份、佚、佟，小名分别是舒、宣、雍、端、通。

⑤ 二八：十六岁。

⑥ 故：同"固"，本来，一向。

⑦ 行：将近。志学：指十五岁。用"志学"指代年龄，出自《论语·为政》："子曰：'吾十有五而志于学。'"

⑧ 文术：指读书、作文之类的事情。

⑨ 雍端：雍、端是两个孩子的名字，都是十三岁，可能为孪生兄弟或异母所出。

⑩ 垂：即将到。九龄：九岁。

⑪ 天运：天命，命运。苟：如果。

⑫ 杯中物：指酒。

【赏析】

这是一首五言诗。其大意是：我已经老了，身体不再结实。虽然我有五个儿子，但是他们都不求上进，不爱读书。阿舒十六岁了，一直很懒惰。阿宣十五岁，对于学习一点兴趣也没有。雍和端十三岁了，可是连六和七都不能分清楚。通也快九岁了，却只知玩耍贪吃。如果我的命运真的就是这样，那我也只能借酒消愁了。

诗中，作者用直白通俗的语言、幽默自嘲的笔调，对五个儿子进行了批评，严肃而又慈爱地指出了他们的缺点，勉励他们要勤奋学习，不能懒惰贪玩、虚度光阴。

长 歌 行

佚名①

青青园中葵②,朝露待日晞③。
阳春布德泽④,万物生光辉。
常恐秋节至,焜黄华叶衰⑤。
百川东到海,何时复西归?
少壮不努力,老大徒伤悲。

【注释】

① 这首诗选自北宋郭茂倩编辑的《乐府诗集》。
② 葵:古代的重要蔬菜。
③ 日晞(xī):太阳升起,阳光照耀。
④ 德泽:恩泽、恩惠。
⑤ 焜黄:草木枯黄凋零。华:通"花"。

【赏析】

　　这是一首汉代的乐府诗,是劝诫人们珍惜时光、努力进取的名篇。

　　诗以"园中葵"起兴,前四句描述春天的葵沐浴在阳光中,呈现出一片生机。五六句则转写秋天的葵在寒风中枯黄凋零。春荣秋谢,正象征了人的青年与老年。七八句以河川中的流水一去不返比喻时间的流逝不返,最后两句则直接点明主旨,告诫人们如果不趁青春年少努力进取,到了老年一事无成,就只剩下后悔与悲伤了。

　　"少壮不努力,老大徒伤悲"已成为中国传统文化中劝诫人们珍惜时光的格言,也是家长在教育年少的孩子们要努力学习、奋发进取时,最常引用的诗句。

又示宗武

[唐]杜 甫①

觅句新知律②,摊书解满床③。
试吟青玉案④,莫羡紫罗囊⑤。
假日从时饮⑥,明年共我长⑦。
应须饱经术⑧,已似爱文章。
十五男儿志⑨,三千弟子行⑩。
曾参与游夏⑪,达者得升堂⑫。

【注释】

① 杜甫(712—770),字子美,原籍襄阳(今湖北襄樊),后迁居巩县(今河南巩义市)。杜审言之孙。举进士不第。后向玄宗献《三大礼赋》,受到赏识,命待制集贤院,授右卫率府胄曹参军。后任左拾遗、华州司功参军、校检工部员外郎。自称"少陵野老",后世因称"杜少陵",又称"杜工部"。唐代最伟大的现实主义诗人,被誉为"诗圣",与李白并称"李杜"。其诗歌内容多写时事,思想深厚,境界崇高,被称为"诗史"。有《杜少陵集》。宗武:杜甫次子。

② 觅句:寻求诗句,这里指诗歌创作。知律:懂得诗歌格律。

③ 摊:摊开,展开。解:理解,解读。床:此指书架。

④ 青玉案:此泛指古诗。

⑤ 紫罗囊:典出《晋书》。此典讲述少年谢玄喜欢佩戴紫罗兰香囊,其叔父谢安担心会影响他的学业,就用一个不伤害少年自尊心的方法,即和少年打赌的方式而戏取之,然后烧掉,解决了谢玄读书不够专注的问题。

⑥ 假日:假节之日。

⑦ 共我长:长得和我一样高。

⑧ 饱:学识渊博。经术:此指经学儒术。

⑨ 十五:《论语·为政》:"子曰:'吾十有五而志于学。'"此用孔子十五岁立志学习,暗指宗武十五岁应该立大志,语意双关。

⑩ "三千"句:语出《史记·孔子世家》:"孔子以诗、书、礼、乐教,弟子盖三千焉。"行(háng):行列。

⑪ 曾参:孔子的入室弟子,以孝道著称,相传《大学》为其所著。游夏:指孔子的两位入室弟子子游和子夏。

⑫ 达者：学识、事理通达之人。升堂：比喻学习达到了较高的境界。

【赏析】

此诗作于大历三年（768年）正月初一。诗人时在夔州，让儿子宗武试笔。这一年，宗武年方十五岁。杜甫非常看重这个儿子，宗武也没有让杜甫失望，非常勤奋好学，并表现出一定的天资。杜甫心中甚喜，即作诗以示鼓励。因此日已作有《元日示宗武》诗，故此篇题作"又示"。

诗的首二句，作者描述了宗武学习和作文的场景，勾勒出一个十分可爱好学的少年形象。之后就开始教育宗武，并表达了一个父亲的最大心愿，就是希望孩子不要玩物丧志，而要多读诗文，专心学习，不要分心。五、六两句，作者教导宗武生活要有规律，保持正常饮食，只有在节日里，才能稍稍饮一点酒，这样才能长好身体。之后，又教导宗武要多读儒家经典著作，并鼓励儿子说，十五岁的年龄，正是有志于学的时候，要珍惜光阴，好好学习；在孔子的三千弟子中，曾参和子游、子夏是年轻一代的佼佼者，虽然年纪很轻，但学问、修养都达到了很高的水平，要向他们学习。

可以说，杜甫是一位十分懂得教育子女的好父亲，他既能因材施教，又懂得如何鼓励教导孩子。全诗体现了一位伟大诗人的拳拳爱子之心，也表达了对儿子的殷殷期待之意。

宗武生日

[唐]杜甫

小子何时见①？高秋此日生②。
自从都邑语③，已伴老夫名④。
诗是吾家事，人传世上情⑤。
熟精《文选》理⑥，休觅彩衣轻⑦。
凋瘵筵初秩⑧，欹斜坐不成⑨。
流霞分片片⑩，涓滴就徐倾⑪。

【注释】

① 小子：儿子或小儿子，此指宗武。唐刘悚《隋唐嘉话》卷上："太宗中夜闻告侯君集反，起绕床而步。亟命召之，以出其不意。既至，曰：'臣，陛下幕府左右，乞留小子。'"

② 高秋：清秋、深秋。杜甫《赠特进汝阳王二十韵》："披雾初欢夕，高秋爽气澄。"杜甫《除草》："芒刺在我眼，焉能待高秋？"

③ 都邑语：指成都之人对宗武的夸奖，都邑，指成都。

④ 老夫：指杜甫自己。

⑤ 世上情：即世情，世俗之情。杜甫《佳人》："世情恶衰歇，万事随转烛。"

⑥ 《文选》：指南朝梁萧统编著的《昭明文选》，是我国现存最早的诗文总集。

⑦ 休：休要，不要。彩衣轻：用老莱子典。《孟子·万章章句上》赵岐注："大孝之人终身慕父母，若老莱子七十而慕。衣五彩之衣，为婴儿匍匐于父母前也。"老莱子为让父母开心，虽年已七十，仍穿上彩衣，像小孩一样爬行于父母之前。"彩衣轻"本当作"轻彩衣"，为押韵及与"理"对仗故，移"轻"于句末。

⑧ 凋瘵(zhài)：衰病，困乏。杜甫《祭外祖母文》："久成凋瘵，溘至终毕。"筵初秩：《诗经·宾之初筵》："宾之初筵，左右秩秩。""筵初"即"初筵"，"筵"移到"初"之前，是为与"坐不"对仗。秩秩，指肃敬之貌。初筵，指宴会之始。

⑨ 欹(qī)：古同"攲"，歪斜。

⑩ 流霞：以"流霞"喻酒。王充《论衡·道虚篇》记项曼都遇仙人事，曼都饥饿欲食，仙人赠曼都流霞一杯，"每饮一杯，数月不饥"。

⑪涓滴：点滴，指一点儿酒。杜甫《舍弟观赴蓝田取妻子到江陵喜寄三首》："比年病酒开涓滴，弟劝兄酬何怨嗟。"就：至，到。杜甫《自京赴奉先县咏怀五百字》："北辕就泾渭，官渡又改辙。"徐倾：慢慢饮酒。

【赏析】

此诗当作于代宗宝应元年（762年）秋。当时徐知道起兵反叛，诗人独居梓州，交通断绝，无法返回成都与家人团聚。时逢次子宗武生日，诗人念及家人，抚今追昔，思往念来，情难驱却，遂赋诗以遥寄。

此诗是五言长律，共六联。

首联"小子何时见？高秋此日生"，述说诗人对宗武的思念之情：今天是你的生日，几时才能见到你呢？第二、三、四联是诗人对宗武的告诫与勉励。宗武自幼聪颖，有诗才，受到成都人的赞许，人们谈到杜甫时，都会提及宗武，故云"自从都邑语，已伴老夫名"。诗人为让宗武不生骄慢之心，就告诫他说："诗是吾家事，人传世上情。"意思是说，写诗是我们家族的传统（杜甫祖父杜审言也是有名的诗人），别人传扬你的名声，是认可你的家世背景，未必出于真情，你切莫骄傲。然后，对宗武提出了要求：熟精《文选》理，休觅彩衣轻。《文选》是唐人学诗作文的范本，有"《文选》烂，秀才半"之说。杜甫亦将《文选》视为童蒙学诗之津渡，曾吟得"呼婢取酒壶，续儿诵《文选》"之句。古人重孝道，老莱子穿彩衣逗乐父母，素为世人称道，列为"二十四孝"之一。但诗人对宗武的期许不是要他效仿老莱子，而是要熟读《文选》，得其理趣，写出好诗文来，以承继杜氏"善诗"之家风。

　　第五、六联描绘了诗人宴饮的情形。诗人体弱衰病,宴会才开始,就坐不直、坐不住了(唐人的"坐"是跪坐),故云"凋瘵筵初秩,欹斜坐不成"。第六联是全诗最优美的句子:酒似飞霞,从壶中流出,分作片片,飘入杯中。奈何诗人久病,难以畅饮,只得徐徐倾杯,一滴一滴,抿至唇内而已。

　　此诗之要义藏于三、四联中。诗人诫勉宗武莫要骄傲,而须勤读不辍,以学业的进步为彩衣而敬祖,以诗艺的掌握为匍匐而娱亲,从而孝养父母、丕振家声。这样的孝敬,才不停留于表面,才是最大的、真正的孝敬。

冬至日寄小侄阿宜诗

[唐]杜牧①

小侄名阿宜,未得三尺长。
头圆筋骨紧,两眼明且光。
去年学官人②,竹马绕四廊。
指挥群儿辈,意气何坚刚。
今年始读书,下口三五行。
随兄旦夕去,敛手整衣裳。
去岁冬至日,拜我立我旁。
祝尔愿尔贵,仍且寿命长。
今年我江外③,今日生一阳④。
忆尔不可见,祝尔倾一觞。
阳德比君子⑤,初生甚微茫。
排阴出九地,万物随开张。
一似小儿学,日就复月将⑥。
勤勤不自已,二十能文章。
仕宦至公相,致君作尧汤⑦。
我家公相家,剑佩尝丁当。

旧第开朱门,长安城中央。
第中无一物,万卷书满堂。
家集二百编,上下驰皇王。
多是抚州写⑧,今来五纪强⑨。
尚可与尔读,助尔为贤良。
经书括根本,史书阅兴亡。
高摘屈宋艳⑩,浓薰班马香⑪。
李杜泛浩浩⑫,韩柳摩苍苍⑬。
近者四君子,与古争强梁。
愿尔一祝后,读书日日忙。
一日读十纸,一月读一箱。
朝廷用文治,大开官职场。
愿尔出门去,取官如驱羊。
吾兄苦好古,学问不可量。
昼居府中治,夜归书满床。
后贵有金玉,必不为汝藏。
崔昭生崔芸,李兼生窟郎⑭。
堆钱一百屋,破散何披猖。
今虽未即死,饿冻几欲僵。
参军与县尉⑮,尘土惊劻勷⑯。
一语不中治,笞箠身满疮⑰。
官罢得丝发,好买百树桑。

税钱未输足,得米不敢尝。
愿尔闻我语,欢喜入心肠。
大明帝宫阙,杜曲我池塘。
我若自潦倒,看汝争翱翔。
总语诸小道,此诗不可忘。

【注释】

① 杜牧简介,见前《留诲曹师等诗》注①。

② 官人:唐代称做官的人为"官人"。

③ 江外:江南。

④ 一阳:古人有"冬至一阳生"的说法,即冬至夜晚最长,因此为"阴气"最盛的一天,而自冬至之后,白天逐渐变长,"阳气"回升。

⑤ "阳德"此句出自《周易·系辞下》:"阳一君而二民,君子之道也。"

⑥ 月将:每个月都会有进益。

⑦ 尧汤:唐尧和商汤,古代圣贤帝王的代表。

⑧ 抚州:今抚州市,唐时属江南道,杜牧的祖父杜佑曾任抚州刺史。

⑨ 五纪强:六十多年,一纪为十二年,五纪为六十年。

⑩ 屈宋:屈原和宋玉。

⑪ 班马:班固和司马迁。

⑫ 李杜:李白和杜甫。

⑬ 韩柳:韩愈和柳宗元。

⑭ 崔昭、李兼史书无传,可能皆为生前敛财无数而死后被子孙挥霍殆尽者。

⑮ 参军、县尉:皆为低品级的官吏,供长官驱使,经常受到责罚。

⑯ 劻(kuāng)勷(ráng):焦急不安的样子。

⑰ 笞箠:一种刑法,用竹木之类的棍条抽打。

【赏析】

阿宜应当是杜牧十分喜爱的一位小侄,这首诗借冬至这样一个

"阳气"开始回升的好日子,告诉他应当树"仕宦至公相,致君作尧汤"的人生理想。杜牧的祖父杜佑是唐代著名的历史学家,且曾在唐德宗贞元年间出任宰相,可谓"学而优则仕"的典型代表。杜牧将祖父视为家族的典范,希望能将祖父勤学苦读、致君尧舜的优良品德作为家风传承下去,而小侄阿宜正是他眼中最有可能接续祖父风采的人。

既然寄予厚望,那杜牧自然要帮助侄子树立正确而远大的人生理想,这样才能够传承自己的祖父、侄子的曾祖父杜佑所创立的家风。首先,杜牧将杜佑树立为家族的典范,告诉侄子家中的藏书大都是杜佑所收集,或是杜佑的著述,因此勤学苦读、考取功名便是传承家风的最好方式。其次,告诫侄子不要因为长辈积累了一定的财富便不思进取。最后,警告侄子不要仅仅满足于做基层的小官微吏。

杜牧对侄子的期待与告诫虽然略显功利,但这都是只有在至亲至近的关系下才会说的话。古代的读书人接受的是儒家"治国平天下"的人生观,而通过科举仕进也是他们唯一的出路,因此"学而优则仕"不仅是个人的前途,也是"光宗耀祖"。

符读书城南(节选)

[唐]韩愈①

木之就规矩②,在梓匠轮舆③。
人之能为人,由腹有诗书④。
诗书勤乃有,不勤腹空虚。
欲知学之力,贤愚同一初⑤。
由其不能学,所入遂异闾⑥。

【注释】

① 韩愈(768—824),字退之,河阳(今河南孟州)人。自谓郡望昌黎,后人因此称之"韩昌黎"。德宗贞元八年(792年)进士,历任节度推官、监察御史、刑部侍郎、兵部侍郎、吏部侍郎等职。曾上书言关中旱饥被贬阳山县令,上表谏迎佛骨被贬潮州刺史。谥"文"。世称"韩吏部""韩文公"。唐代古文运动领袖,位列"唐宋八大家"之首。有《昌黎先生集》传世。符:韩愈长子韩昶,小名符。城南:指长安城南,韩愈家有别墅在此处。

② 就:此处为"依照"意。

③ 梓匠轮舆:泛指手工艺人。梓匠,木工。轮舆,制车轮和木箱的人。《孟子·尽心章句下》:"梓匠轮舆能与人规矩,不能使人巧。"

④ 由:因为。诗书:泛指文才、知识。

⑤ 同一初:相同的起点。

⑥ 异闾:不同的地方。

【赏析】

这是一首知名的戒子诗,是诗人写给在长安城南读书的儿子韩符的。

起首四句,作者以木头的成材引申到人的成才。大意是:木材能按照圆规曲尺变成有用的器具,是因为匠人的辛勤劳动;人之所以能够成为真正的人,乃在于满腹才华、饱读诗书。之后二句,进一步指出知识和才华是靠勤学苦读得来的,如果不用功,就只能是腹内空虚的草莽。最后四句,进一步阐明一个道理,就是:人和人先天的学习能力是差不多的,只有后天的努力程度,才决定了他们日后能否成为有用的人,并决定了他们今后人生道路的不同。

  这首诗充分表达了韩愈的教育理念,既指出读书之重要,又指出勤读之可贵。这种理念,在今天仍具有重要的价值。

送 弟

[唐]卢肇①

去日家无担石储②,汝须勤若事樵渔③。
古人尽向尘中远④,白日耕田夜读书。

【注释】

① 卢肇(818—882)，字子发，宜春(今江西分宜)人。出身贫寒而勤恳用功，会昌三年(843年)状元及第，是江西历史上第一位状元。曾任秘书省著作郎、集贤殿书院直学士，后任歙州、宣州、池州、吉州等州刺史。有《文标集》《卢子史录》等传世。

② 去日：过去的日子。曹操《短歌行》："对酒当歌，人生几何？譬如朝露，去日苦多。"担石："担""石"均是古代计重单位，一担和一石均等于五十千克，此处喻指粮食少。储：储存。

③ 事：从事。樵渔：砍柴和捕鱼。

④ 尘中：尘世、世俗。远：远离。

【赏析】

这是一首七言绝句，相传为卢肇在一次送弟弟读书时所作。

卢肇自幼家境贫苦，其曾父、祖父均以耕读传家，其父也以乡野讲学为生。"去日家无担石储，汝须勤若事樵渔。"起首两句，诗人就追忆了过去家中的贫苦光景，同时告诫弟弟要穷且益坚，自强不息。"古人尽向尘中远，白日耕田夜读书。"末尾两句，饱含了诗人对弟弟的谆谆教导之意，希望弟弟能像先贤一样远离尘嚣，戒除浮躁之气，传承、发扬好家族的耕读之风。

父诫子，兄勉弟，这本身就是一种传承。

嘲 小 儿

[唐]卢肇

贪生只爱眼前珍①,不觉风光度岁频②。
昨日见来骑竹马③,今朝早是有年人④。

【注释】

① 贪生：天生。爱：喜爱。珍：宝贝、珍奇。

② 风光：风景、景色，此处指时光。

③ 骑竹马：古时儿童常常骑竹马嬉戏，后用作咏儿童生活与友谊的典故，指代无忧无虑的童年时光。刘义庆《世说新语·品藻》："桓公语诸人曰：'少时与渊源共骑竹马。'"白居易《喜入新年自咏》："大历年中骑竹马，几人得见会昌春。"

④ 有年：有了年纪，指年岁大了。

【赏析】

在这首诗中，诗人感叹时间易逝，并以此勉励自己的儿子要珍惜时间，发愤图强。

一、二两句，说明了小孩子喜欢玩乐的天性。"贪生只爱眼前珍，不觉风光度岁频。"小孩子天生就喜欢眼前稀奇好玩的东西，不知不觉间时间就在玩乐中流逝了。"昨日见来骑竹马，今朝早是有年人"，是对时间流逝的具体表达。昨天还在嬉闹游戏的儿童，如今转眼就变成大人了。

此诗语言平实，且含有嘲谑意味，但其中所蕴含的意旨却是深刻的、严肃的。

题弟侄书堂

[唐]杜荀鹤①

何事居穷道不穷②,乱时还与静时同。
家山虽在干戈地③,弟侄常修礼乐风④。
窗竹影摇书案上⑤,野泉声入砚池中⑥。
少年辛苦终身事,莫向光阴惰寸功。

【注释】

① 杜荀鹤(约846—904),字彦之,号九华山人,池州石埭(今安徽石台)人。出身寒微,大顺二年(891年)登进士第。历任翰林学士、主客员外郎、知制诰。晚唐现实主义诗人。其诗语言清丽自然,通俗易懂,一些作品反映了晚唐社会的动荡和人民生活的疾苦。曾自编诗集《唐风集》。弟侄:弟弟的儿子。书堂:书房。陆游《戏咏闲适》:"暮秋风雨暗江津,不下书堂已过旬。"

② 居穷:身处穷困。

③ 家山:此处指故乡。干戈地:战乱的地方。"干""戈"均为古时兵器,后"干戈"连用作兵器通称,且引申出"战争"之义。

④ 礼乐:儒家重礼乐教化,这里的"礼乐"代指儒家思想和修身之道。

⑤ 书案:读书人用来读书写字的桌案。白居易《偶眠》:"放杯书案上,枕臂火炉前。"欧阳修《读书》:"至哉天下乐,终日在几案。"

⑥ 砚池:洗砚的水池。

【赏析】

这首七言律诗是杜荀鹤给侄子书房的题诗,重在勉学。

首联、颔联,表明了一种不为环境、时局所扰,仍专心治学的态度。虽然身处穷困之中,但不能中断向学之心;虽处于战乱之时,仍要修习儒家学业。颈联描述了侄子在书房用功的情形:竹影透过窗子摇曳在书案上,外面传来山野泉水流入砚池的声音。这是一幅非常宁静、美好的读书画面,似乎战事也不能侵扰这份宁静,也衬托出读书者内心的平静、笃定。

"少年辛苦终身事,莫向光阴惰寸功。"在尾联,作者劝勉侄子一定要惜时勤学:年轻时候的努力是有益终身的,在时间的流逝中,不应有丝毫的懈怠。此联是流传至广的名句,全诗要义也集中于此。

赠外孙

[宋]王安石①

南山新长凤凰雏②,眉目分明画不如。
年小从他爱梨栗③,长成须读五车书④。

【注释】

① 王安石(1021—1086),字介甫,号半山,临川(今江西抚州)人。庆历二年(1042年)进士。初任签书淮南节度判官公事,后历群牧司判官、知常州、三司度支判官、知制诰、翰林学士、参知政事等职。又两度为相,主持熙宁变法。封荆国公,故世称"王荆公"。中国历史上著名的政治改革家,也是宋代著名的文学家,"唐宋八大家"之一。有《临川集》传世。

② 凤凰雏:指凤凰的幼鸟,喻指俊杰。此处作者用以夸赞自己的外孙。杜甫《别苏溪》:"岂知台阁旧,先拂凤凰雏。"

③ 从:通"纵",听凭,放任。梨栗:梨子与栗子。秦系《山中奉寄钱起员外兼简苗发员外》:"稚子唯能觅梨栗,逸妻相共老烟霞。"高启《赠杜进士儿端》之二:"不贪梨栗自相亲,识是君家旧友人。"

④ 五车:形容书多,学问广博。典出《庄子·天下》:"惠施多方,其书五车。"惠施方术多,学问大,他读的书要用五辆车才能装下。因此后人常用"五车书"或"学富五车",来形容书多或学问大。

【赏析】

这首诗作于熙宁九年(1076年)。时作者二度罢相,退居南京。闲居期间,作者常与外孙嬉乐;外孙吴侔聪明可爱,作者十分喜欢,就写了这首充满怜爱与情趣的诗给他。

前两句,作者用饱蘸深情的笔墨,描写了外孙的伶俐可爱:他俊秀而有灵气,像南山新生的凤凰,就连画上的人也不如他。后两句,作者又写道:外孙现在年幼,可以任由他玩耍,但等他长大,就要敦促他好好用功、努力读书了。

这首诗的要义在后两句,寄托了王安石对外孙的厚望,同时也阐明了自己的教育理念,即:孩子小的时候可以顺其天性,给予他一定的自由和宠爱;但当他逐渐长大后,就要对其严格要求,督促他努力向学、有所成就了。

冬夜读书示子聿

[宋]陆 游①

古人学问无遗力②,少壮工夫老始成③。
纸上得来终觉浅④,绝知此事要躬行⑤。

【注释】

①　陆游简介,见前《五更读书示子》注①。子聿(yù):即陆子聿,陆游幼子。

②　无遗力:用尽全力,没有保留。

③　少壮:年轻力壮、年富力强的时候。工夫:花费的时间、气力。

④　"纸上"句:此句暗含"纸上谈兵"的典故。"纸上谈兵"出自《史记·廉颇蔺相如列传》。故事的主人公是战国时期赵国大将赵奢的儿子赵括。赵括从小熟读兵书,爱谈论兵事,所谈有理有据,常常能在争论中获胜,他也因此认为自己天下无敌。然而其父赵奢却很担心,认为他只是纸上谈兵,并且告诫赵国不要用他为将。公元前259年,秦军来犯,赵国在长平之战中启用赵括为将,果然兵败,四十多万赵军尽被歼灭,赵括自己也被秦军箭射身亡。纸:书本。终:终归,毕竟。浅:浅薄,有限的。

⑤　绝知:深入、透彻的理解。躬行:亲身实践。

【赏析】

这是一首著名的教子诗。诗文典雅端正,用意深刻隽永。

在首两句中,作者表达了做学问要刻苦用功、持之以恒的道理。作者以古人做学问不遗余力来勉励孩子,告诫孩子要珍惜青春时光,刻苦用功,发奋苦读,并不断地进行积累。只有这样,到了年纪大的时候,才会有所成就。

末两句中,作者进一步提出了知行合一的观念,即要把书本上学来的知识与生活实践紧密结合起来。所谓实践出真知,纸上学来的知识毕竟是有限的、肤浅的。要想获得真知,就须把从书本上学来的知识付诸于实践,在实践中进行检验,并且在实践中进一步发现和求取新知。

这首诗的意旨在两个方面:一是要不断积累,不能急功近利、急于求成;二是要重视实践,做到知行合一。

第四部分

修　身

赠从弟(其二)

[汉]刘桢①

亭亭山上松②,瑟瑟谷中风③。
风声一何盛④,松枝一何劲!
冰霜正惨凄⑤,终岁常端正。
岂不罹凝寒⑥,松柏有本性!

【注释】

① 刘桢(约186—217),字公干,东平宁阳(今山东宁阳)人。曾为丞相(曹操)掾属。东汉末年名士,"建安七子"之一。其诗刚劲挺拔,卓尔不凡,曹丕称"其五言诗之善者,妙绝时人"。有《刘公干集》。从弟:堂弟。

② 亭亭:高耸挺立的样子。

③ 瑟瑟:此处指寒风声。

④ 一何:多么。盛:猛烈。此处形容风大。

⑤ 惨凄:凛冽、严酷。

⑥ 罹(lí):遭遇。

【赏析】

刘桢《赠从弟》诗共有三首,这是其中的第二首。诗人以松柏为喻,勉励堂弟要坚贞自守,不因外力迫压而改变自己高洁的本性。

起首二句,诗人描绘了山上松树在瑟瑟谷风中仍然挺拔耸立的傲岸姿态。接着连用两个"一何",强调了风的猛烈和松的坚挺,在对比中凸显出了松的刚硬气质。五、六二句,诗人进一步赞叹松树即使在酷寒的冰霜中,仍能一年四季挺拔端正,越发显出环境的严酷和青松岁寒不凋的品性。最后两句,作者采用一问一答的形式,点明全诗的主旨:松树之所以不畏狂风严寒,是因为它们有坚贞不屈的本性。

全诗由表及里,借物言志,以松柏之坚贞,比喻人志趣之高洁、品性之刚正,立意高远,动人心魄。

诫 族 子

[晋]谢混[①]

康乐诞通度[②]，实有名家韵。
若加绳染功[③]，剖莹乃琼瑾[④]。
宣明体远识[⑤]，颖达且沈隽[⑥]。
若能去方执[⑦]，穆穆三才顺[⑧]。
阿多标独解[⑨]，弱冠纂华胤[⑩]。
质胜诚无文，基尚又能峻[⑪]。
通远怀清悟[⑫]，采采标兰讯[⑬]。
直辔鲜不踬[⑭]，抑用解偏吝[⑮]。
微子基微尚[⑯]，无倦由慕蔺[⑰]。
勿轻一篑少[⑱]，进往必千仞[⑲]。
数子勉之哉，风流由尔振。
如不犯所知[⑳]，此外无所慎。

【注释】

① 谢混（约381—412），字叔源，小字益寿，陈郡阳夏（今河南太康）人。谢安之孙，谢灵运族叔，娶孝武帝晋陵公主为妻。官至中书令、中领军、尚书左仆射。东晋文学家。其诗对谢灵运、谢朓等人的山水诗影响较大。有《谢混集》。族子：同族子孙。

② 康乐：即谢灵运，中国文学史上山水诗派的开创者。诞：恣放，放达。通度：通达大度。

③ 绳染：约束，熏陶。

④ 剖莹：剖开玉石，打磨光亮。琼瑾：美玉。

⑤ 宣明：谢晦，字宣明，谢瞻之弟，南朝刘宋大臣。

⑥ 沈隽：沉稳、出众。沈，同"沉"。隽，通"俊"，优秀、杰出。

⑦ 方执：固执己见。

⑧ 穆穆：和顺的样子。三才：指天才、人才、地才。

⑨ 阿多：即谢曜，因其字多，因此诗中唤作"阿多"。

⑩ 弱冠：古代男子二十岁行冠礼，表示已经成人，但体还未壮，所以称"弱冠"。后泛指男子二十左右的年纪。纂（zuǎn）：古同"缵"，继承、承袭。华胤（yìn）：荣耀的祖业。

⑪ 尚：通"上"，向上。峻：高。

⑫ 通远：谢瞻，是卫将军谢晦的三哥。

⑬ 采采：文采风流的样子。兰讯：即有兰心蕙性。

⑭ 直辔：策马直行。鲜（xiǎn）：少。踬（zhì）：绊倒，跌倒。

⑮ 偏吝：偏颇。

⑯ 微子：谢弘微，名密，字弘微，号微子。

⑰ 蔺（lìn）：指蔺相如，战国时期赵国著名政治家、外交家。

⑱ 篑(kuì)：古代盛土的筐子。
⑲ 千仞：古以八尺为一仞，千仞形容极高或极深貌。
⑳ 所知：此指所知道的自己的短处。

【赏析】

　　这是一首名门望族教育自己家族子弟的诗。

　　诗中，作者以自己对诸位族子的观察，指出了他们各自的优缺点，勉励他们要扬长避短，修身养德。具体是：谢灵运性格放诞通达，有名家子弟的风采，如果能稍加自我约束，再用良好家风加以熏染，就会如美玉从璞中雕琢打磨而出。谢晦具有远见卓识，聪颖明达，沉毅果敢，如果能在处世方面再圆通一些，从善如流，就可以称得上是三才了。谢曜很有独立见解，年纪轻轻就继承了祖上的事业，不过性格过分率直，还应学会掩藏锋芒，以达到文质彬彬、崇高脱俗的境地。谢瞻直道而行，但过于刚正，往往易受挫折，应当克制自己，消除偏执狭隘之心。谢弘微有深远的情志，仰慕蔺相如的为人，希望他能孜孜进取，不断积累，达到高远的人生境界。最后四句，作者告诫族子们要听取自己的勉励，发扬优点，克服缺点，承继和振兴谢氏家族的遗风伟业。

　　谢氏是六朝时期的名门望族，对家风的建设和传承非常重视。其族世代满庭芝兰玉树并非偶然，与家族长辈有意识的引导和培养密切相关。这首诗就是一个明证。

寄男抱孙

[唐]卢仝①

别来三得书,书道违离久。
书处甚粗杀②,且喜见汝手。
殷十七又报,汝文颇新有。
别来才经年,囊盎未合斗。
当是汝母贤,日夕加训诱。
尚书当毕功,礼记速须剖。
喽罗儿读书③,何异摧枯朽④。
寻义低作声,便可养年寿。
莫学村学生,粗气强叫吼。
下学偷功夫⑤,新宅锄藜莠。
乘凉劝奴婢,园里耨葱韭⑥。
远篱编榆棘,近眼栽桃柳。
引水灌竹中,蒲池种莲藕。
捞漉蛙蟆脚⑦,莫遣生科斗⑧。
竹林吾最惜,新笋好看守。
万簳苍龙儿⑨,攒迸溢林薮。

吾眼恨不见,心肠痛如挡。
宅钱都未还,债利日日厚。
籫龙正称冤[10],莫杀人汝口。
丁宁嘱托汝,汝活籫龙不。
殷十七老儒,是汝父师友。
传读有疑误,辄告谘问取。
两手莫破拳,一吻莫饮酒。
莫学捕鸠鸽,莫学打鸡狗。
小时无大伤,习性防已后。
顽发苦恼人,汝母必不受。
任汝恼弟妹,任汝恼姨舅。
姨舅非吾亲,弟妹多老丑。
莫恼添丁郎[11],泪子作面垢。
莫引添丁郎,赫赤日里走[12]。
添丁郎小小,别吾来久久。
脯脯不得吃,兄兄莫捻搜。
他日吾归来,家人若弹纠[13]。
一百放一下,打汝九十九。

【注释】

① 抱孙:当为卢仝长子。卢仝(tóng)(约795—835),初唐四杰卢照邻嫡孙。出生于河南济源市武山镇思礼村,祖籍范阳(今河北涿州)。早年隐居少室山,后迁居洛阳。自号玉川子,是韩孟诗派重要人物。有《茶谱》《玉川子诗集》等著作传世。

② 粗杀:或指书法粗糙。

③ 喽罗:聪明伶俐。

④ 摧枯朽:摧枯拉朽,比喻极容易办到。

⑤ 下学:放学。

⑥ 耨(nòu):锄草。

⑦ 捞漉(lù):水中探物。

⑧ 科斗:即蝌蚪。

⑨ 苞龙儿:新生的幼竹。

⑩ 箨龙:竹笋。

⑪ 添丁郎:卢仝幼子,名添丁。

⑫ 赫赤:火红的。

⑬ 弹纠:弹劾,指责。

【赏析】

　　这首诗是卢仝离家外出时寄给长子抱孙的诗。虽云长子,但是从诗作的内容看,抱孙应该依然年幼,所以诗中语言大多属于口语,而且并没有什么深刻的寓意,只是就读书、稼穑(sè)、言行等日常生活琐事进行叮咛嘱咐。

　　卢仝的谆谆告诫表面上看似乎有些啰嗦,但如果考虑到这首诗是写给幼子看的,就可以体会到其中满溢的父爱。同时,诗中也体现了卢仝对幼子的期待,不仅劝诫他要从小养成良好的行为习惯,即"两手莫破拳,一吻莫饮酒。莫学捕鸠鸽,莫学打鸡狗。小时无大伤,习性防已后",也希望他能在自己的老友"殷十七"的教导下勤学苦读,"尚书当毕功,礼记速须剖",通晓儒家经典,在未来有所成就。

  殷勤叮嘱,循循善诱,卢仝对幼子的教育,可以说是善得其法了。

诫 子 诗

[汉]东方朔①

明者处事②,莫尚于中③。
优哉游哉④,与道相从。
首阳为拙⑤;柳惠为工⑥。
饱食安步,在仕代农⑦。
依隐玩世⑧,诡时不逢⑨。
是故才尽者身危⑩,好名者得华⑪;
有群者累生⑫,孤贵者失和⑬;
遗余者不匮⑭,自尽者无多⑮;
圣人之道,一龙一蛇⑯。
形见神藏,与物变化。
随时之宜,无有常家。

【注释】

① 这首诗出自唐代类书《艺文类聚》。东方朔(前154—前93),本姓张,字曼倩,西汉平原郡厌次县(今山东德州陵城)人。汉武帝即位,征召四方士人,东方朔上书自荐,诏拜为郎,后任常侍郎、太中大夫等职。有《答客难》《非有先生论》等名篇传世,后人亦多伪托其名作文,明人张溥汇编其作品为《东方太中集》。

② 明者:明智的人。

③ 中:不偏不倚谓之中。即所谓中庸之道之"中"。

④ 优哉游哉:形容逍遥快活。

⑤ 首阳:武王灭商后,伯夷、叔齐耻食周粟,隐居首阳山,采薇而食,后饿死。

⑥ 柳惠:柳下惠,春秋时鲁国人,名获,字子禽,又号柳下季。《论语》记载他性情耿直,不喜逢迎,因而得罪权贵,竟接连三次受到黜免。

⑦ 在仕代农:把做官看作是种地一样,指做官仅仅为了解决生活问题。

⑧ 依隐:像隐士一样。

⑨ 诡时不逢:不会违背时宜,遭遇祸患。

⑩ 才尽者:锋芒毕露的人。

⑪ 好名者:名声好的人,指不与人结仇。得华:得到好的结果。

⑫ 有群者:指有很多追随者的人。

⑬ 孤贵者:孤高的人。

⑭ 遗余者:指做事说话留有余地的人。匮:匮乏。

⑮ 自尽者:指说话做事不留余地的人。

⑯ 一龙一蛇：像龙和蛇一样蛰伏，指隐匿、退隐。《汉书·扬雄传上》："以为君子得时则大行，不得时则龙蛇。"

【赏析】

东方朔是"大隐隐于朝"的代表。与传统儒家"治国平天下"的理想不同，东方朔把在朝为官仅仅视为解决生计问题的一种手段，并不是为了建立什么功业，也不是为了辅佐圣明的君主成就太平盛世，可以说与儒家士人的人生观完全相反。

这首《诫子诗》正是他对自己人生智慧的总结，并希望自己的儿子能将这种智慧传承下去。他告诫儿子不要过分显露自己的才华，否则会遭人嫉妒；不要与人争执，在朝中做个"老好人"；不要做意见领袖，也不要孤高不合群；做事说话一定要留有余地。这种"老油条"一般的处世方式或许并不值得肯定，但在"伴君如伴虎"的古代政治环境中，也确实是一种明哲保身的生存之道。东方朔其实是一位真正看透了君主政治的智者，他将自己的人生智慧传递给后代，实际上也包含了对后代的关怀与慈爱。

示从孙济

[唐]杜甫①

平明跨驴出②,未知适谁门。
权门多噂沓③,且复寻诸孙④。
诸孙贫无事,宅舍如荒村⑤。
堂前自生竹,堂后自生萱⑥。
萱草秋已死,竹枝霜不蕃⑦。
淘米少汲水⑧,汲多井水浑。
刈葵莫放手⑨,放手伤葵根。
阿翁懒惰久,觉儿行步奔⑩。
所来为宗族⑪,亦不为盘飧⑫。
小人利口实⑬,薄俗难可论⑭。
勿受外嫌猜⑮,同姓古所敦⑯。

【注释】

① 杜甫简介,见前《又示宗武》注①。从孙:即堂孙。济:杜济,字应物,曾为东川节度使,兼京兆尹。

② 平明:天刚亮。《楚辞》:"平明发兮苍梧。"

③ 权门:富贵之门。《汉书·蒯伍江息夫传》:"交游贵戚,趋权门。"噂沓(zǔn tà):议论纷纷的样子。《诗》:"噂沓背憎。"《笺》:"噂噂沓沓,相对谈语,背则相憎逐。"

④ 诸孙:指杜甫众孙辈。

⑤ 荒村:荒野之地。隋李密诗:"荒村葵藿深。"

⑥ 萱:一种草本植物。《诗》:"焉得谖草,言树之背。"注:"萱草,令人忘忧。背,北堂也。"

⑦ 蕃:茂盛。

⑧ 汲:从井里打水。

⑨ 刈(yì):割。鲍照诗:"腰镰刈葵藿。"葵:一种植物。

⑩ 儿:指杜济。行步奔:行步如飞。

⑪ 宗族:指同宗同族的人。《礼记》:"聚其宗族,以教民睦也。"

⑫ 盘飧(sūn):均为饮食器具。这里指饭食。《左传》:"乃馈盘飧,置璧焉。"邵宝注:"盘,盛饭器。飧,水浇饭也。"

⑬ "小人"句:指小人挑拨离间的话。

⑭ 薄俗:不好的习俗。

⑮ 外嫌猜:因外人嫌疑而生猜忌。

⑯ 同姓:《孔丛子》:"同姓为宗,合族为属。"敦:亲厚。曹植《求通亲亲表》:"骨肉之恩,爽而不离,亲亲之义,实在敦固。"

【赏析】

　　这首诗可分为四段。

　　第一段为前四句。作者从黎明出门访从孙济叙起,潦倒中仍突显了自己的风骨。第二段为中间六句,从"诸孙贫无事"至"竹枝霜不蕃"。作者见诸孙宅舍之景,伤感本支零落。第三段为"淘米少汲水"至"放手伤葵根"四句。意思是说,族之有宗,犹水之有源,葵之有根。水有源,不能搞浑;葵有根,不应伤其根;族有宗,一定不要疏远。意在规劝从孙勿忘根源和宗族根本。第四段为末尾八句,从"阿翁懒惰久"至"同姓古所敦"。此段是杜甫以一个长辈身份训诲后辈的话,告诫他们不要偏听偏信小人挑拨离间的闲言碎语,而要庇护根本,相互友爱团结,继承、发扬优良的族风家训。

　　杜甫出身世代"奉儒守官"的家庭,家风甚严。他在以家族为荣、严格自律的同时,十分重视治家与教子,希望子孙后辈能秉承家风,修身养德,不辱家声族名。这首诗就很好地体现了杜甫很强的宗亲观念和家教思想,历来为人重视。

催宗文树鸡栅

[唐]杜 甫①

吾衰怯行迈②,旅次展崩迫③。
愈风传乌鸡④,秋卵方漫吃⑤。
自春生成者⑥,随母向百翮。
驱趁制不禁⑦,喧呼山腰宅。
课奴杀青竹⑧,终日憎赤帻⑨。
蹋藉盘案翻,塞蹊使之隔。
墙东有隙地,可以树高栅。
避热时来归,问儿所为迹。
织笼曹其内⑩,令入不得掷⑪。
稀间可突过,觜爪还污席。
我宽螻蚁遭⑫,彼免狐貉厄。
应宜各长幼,自此均勍敌⑬。
笼栅念有修,近身见损益。

明明领处分,一一当剖析。
不昧风雨晨,乱离减忧戚。
其流则凡鸟,其气心匪石⑭。
倚赖穷岁晏⑮,拨烦去冰释。
未似尸乡翁⑯,拘留盖阡陌。

【注释】

① 杜甫简介,见前《又示宗武》注①。宗文:杜甫长子。

② 行迈:远行。

③ 展崩迫:紧迫,难以休息。

④ 愈风:即愈头风,乌鸡可治愈头风病。

⑤ 漫吃:不受约束地吃。

⑥ 自春生成者:指春天孵化的小鸡。

⑦ 驱趁:驱赶。

⑧ 杀青竹:将竹火炙去汗后,刮去青色表皮,以防蠹。

⑨ 赤帻:干宝《搜神记》卷十八载,安阳城南亭西舍,有一老雄鸡,化而为人,冠赤帻。后因以借指雄鸡。

⑩ 曹:此处指鸡群。

⑪ 掷:走脱。

⑫ 我宽蝼蚁遭:指养鸡啄食蚂蚁,不使为害。

⑬ 勍敌:强敌,有力的对手。

⑭ 心匪石:心志不像石头那样可以转动,形容坚定不移。典出《诗经·邶风·柏舟》:"我心匪石,不可转也。"

⑮ 穷岁晏:一年到头。

⑯ 尸乡翁:典出刘向《列仙传·祝鸡翁》:"祝鸡翁者,洛人也。居尸乡北山下,养鸡百余年,鸡有千余头,皆立名字……欲引呼名,即依呼而至。"

【赏析】

宗文是杜甫的长子,其文才似不及次子宗武,杜甫在诗文中似乎也并没有对他在读书举业方面有过很高的期许。但是在这首诗中,杜甫却借编造养鸡的栅栏这样一件小事,教导宗文凡事都应有其秩序,顺应事物的秩序,便可互惠互利。

首先,杜甫告诫宗文春天的鸡蛋要留作孵化鸡仔,这样鸡才可以繁衍生息,而到了秋天,产出的鸡蛋更多,人也可以获利。这是遵循自然的秩序。其次,编造鸡栅看似是限制鸡的自由,但实际上也保护了鸡的安全,使它们免于狐与貉的捕杀。这是赋予鸡以社会秩序。有了秩序,人与鸡便可和谐共处,互惠互利。

一件小事,杜甫却可以从中感悟出如此深刻的道理,并传授给自己的儿子,其中不仅体现了杜甫的智慧,更表现出杜甫对儿子有着极其明确的教育理念,也有着巧妙的教育方法。透过这首诗,我们看到了一位慈爱而严谨的父亲。

闲坐看书贻诸少年

[唐]白居易①

雨砌长寒芜②,风庭落秋果③。
窗间有闲叟④,尽日看书坐。
书中见往事,历历知福祸。
多取终厚亡⑤,疾驱必先堕⑥。
劝君少干名⑦,名为锢身锁⑧。
劝君少求利,利是焚身火。
我心知已久,吾道无不可⑨。
所以雀罗门⑩,不能寂寞我。

【注释】

① 白居易简介，见前《十二时行孝文》注①。贻（yí）：赠给。少年：年少之人，也包括自己家族的年少子弟。

② 砌：台阶。芜：草长得杂乱的样子。

③ 风庭：风吹的庭院。

④ 闲：闲适。叟：年老的男人。

⑤ "多取"句：典出《老子》："甚爱必大费，多藏必厚亡。"意思是说，过分地贪求物质与名利欲望的人，必定要劳心劳力，大费精神，结果失去越大；贪求利禄的人，必定喜爱宝贵的珍品，但是珍品藏得越多，反而使人嫉妒怨恨，往往会身遭横祸。厚亡，即深重的灾祸。

⑥ 疾驱：快速驱赶车马。

⑦ 干（gān）名：追求名声、名誉。

⑧ 锢：禁锢。

⑨ 吾道：此指自己总结的历史上的经验教训。无不可：没有不切合的。

⑩ 雀罗门：即门可罗雀、门庭冷落。典出《史记·汲郑列传》："下邽翟公有言，始翟公为廷尉，宾客阗门；及废，门外可设雀罗。"罗，捕鸟的网。

【赏析】

这是一首劝诫诗。

作者开篇写自己读书的情景：雨水浸湿的台阶长出杂草，秋果随风静静地掉落在庭院里；窗前一个赋闲的老人，整日坐在那里读书。接着，写读书的感悟：自己在书中读到诸多历史故事，其中的福祸历历在目。过于贪慕物质与名利必定会引来深重的灾祸,急功近利、贪得无厌必定会招致祸患。所以不要贪求名利,因为名是禁锢自身的枷锁,利是焚毁自身的邪火。最后,作者说自己心里很早就明白这些道理,所以即使现在门可罗雀、门庭冷落,也不会因此感到寂寞、失落。

这首诗的要义蕴含在"劝君少干名,名为锢身锁。劝君少求利,利是焚身火"四句中。作者劝导年轻人要修身养性,廉洁处世,而不要成为追名逐利之徒。这种劝诫,对于今天的人们而言,也有很好的警示作用。

第四部分　修身

狂言示诸侄

[唐]白居易

世欺不识字,我忝攻文笔。
世欺不得官,我忝居班秩①。
人老多病苦,我今幸无疾。
人老多忧累,我今婚嫁毕。
心安不移转,身泰无牵率②。
所以十年来,形神闲且逸。
况当垂老岁,所要无多物。
一裘暖过冬,一饭饱终日。
勿言舍宅小,不过寝一室。
何用鞍马多,不能骑两匹。
如我优幸身,人中十有七。
如我知足心,人中百无一。
傍观愚亦见,当己贤多失。
不敢论他人,狂言示诸侄。

【注释】

① 班秩：官员的等级序列。
② 牵率：牵挂，牵累。

【赏析】

这首诗作于开成二年（837年）诗人闲居洛阳时，此时诗人已是65岁的老翁，在经历了仕途的起起落落后，借"狂言"将自己的人生体会传达给自己的子孙晚辈。

白居易曾得到唐宪宗的赏识，书写了大量反映社会现实的"讽喻诗"，甚至敢于上书言事直接批评皇帝的错误。对于怀揣"兼济天下"的雄心壮志的儒生来说，没有什么比这种际遇更能鼓励一个人奋进。然而好景不长，因为"讽喻诗"威胁到了某些高官的利益，白居易还是遭陷害被贬为江州司马。虽然这次被贬并不是白居易仕途的终点，此后他还有几次起落，最后在刑部尚书的官职上退休，但在这次挫折之后，他的志向从"兼济天下"转向了"独善其身"，更注重个人修养的完善与精神世界的满足。这首诗的"狂言"，主旨也大概就是向晚辈传达自己追求"独善"的人生观：做人只要身体健康、家庭和睦便好，不过分追求物质财富，"一裘""一饭""一室"便可以知足常乐了。当然，白居易也没有忘记强调读书的重要性，诗的开篇便点明人生在世还是需要读书、进而追求出仕的，可见儒家道统在他的心中依然占据着重要的地位。要读书出仕，但不要执着于功名利禄，这大概就是白居易借"狂言"想传达给家族后辈们的道理吧。

赠　内

[唐]白居易①

生为同室亲,死为同穴尘。
他人尚相勉,而况我与君。
黔娄固穷士,妻贤忘其贫②。
冀缺一农夫,妻敬俨如宾③。
陶潜不营生,翟氏自爨薪④。
梁鸿不肯仕,孟光甘布裙⑤。
君虽不读书,此事耳亦闻。
至此千载后,传是何如人。
人生未死间,不能忘其身。
所须者衣食,不过饱与温。
蔬食足充饥,何必膏粱珍⑥。
缯絮足御寒⑦,何必锦绣文。
君家有贻训,清白遗子孙。
我亦贞苦士,与君新结婚。
庶保贫与素,偕老同欣欣。

【注释】

① 内：即内子，妻子。

② 黔娄：战国时期齐国隐士，生活十分贫困。他的妻子本为贵族出身，却丝毫不嫌弃他。

③ 冀缺：即郤(xì)缺(quē)，春秋时期晋国上卿，因其父芮封冀，故又称冀缺。他与妻子同甘共苦，相敬如宾。

④ "陶潜"二句：陶渊明不为五斗米折腰，归隐田园，他的妻子亲自料理家务，烧火做饭。爨(cuàn)薪：烧柴煮饭，泛指做家务。

⑤ "梁鸿"二句：梁鸿与妻子孟光一同隐居于霸陵山，以耕织为生，拒绝出仕。举案齐眉的故事便是发生在这两人身上。

⑥ 膏粱：肥美的食品。

⑦ 缯絮：缯帛丝绵所制的衣物。

【赏析】

这首诗作于元和三年（808年）白居易新婚之时。在此前一年，白居易刚刚考取功名，成为政坛新秀，正是施展抱负的时候。白居易的妻子杨夫人也是出身名门，她的从兄杨虞卿同样在京城身居要职。但在这首写给新婚妻子的诗中，白居易却一再描述自己的清贫，还举出了历史上几对著名的"贫士"夫妻自比。虽然白居易此时是初入仕途，也是一位清廉的正直官员，但在朝为官还是有相对可观的俸禄的，可他偏偏要在新婚燕尔之际向妻子强调"庶保贫与素"，不追求饮食的"膏粱珍"和衣着的"锦绣文"。其实，这是白居易在向新婚妻子表达自己的志向：出仕为官是为了致君尧舜，而不是贪恋荣华富贵,而他的妻子自然也是理解并支持他的。在一个小家庭刚刚组建的时候,白居易和妻子便树立起这样的家风,既是要在未来的生活中时刻提醒自己"不忘初心",也是为子孙后代建立起一种榜样。

新构亭台,示诸弟侄

[唐]白居易

平台高数尺,台上结茅茨①。
东西疏二牖②,南北开两扉③。
芦帘前后卷,竹簟当中施④。
清泠白石枕,疏凉黄葛衣⑤。
开襟向风坐,夏日如秋时。
啸傲颇有趣⑥,窥临不知疲⑦。
东窗对华山,三峰碧参差⑧。
南檐当渭水⑨,卧见云帆飞。
仰摘枝上果,俯折畦中葵。
足以充饥渴,何必慕甘肥。
况有好群从,旦夕相追随。

【注释】

① 结茅茨：搭建茅草屋。

② 牖（yǒu）：窗户。

③ 扉（fēi）：门。

④ 竹簟（diàn）：竹席。

⑤ 黄葛：一种植物，其茎部纤维可制成质地轻薄的葛布。

⑥ 啸傲：傲然自得地放声长啸。

⑦ 窥临：远望，观测。

⑧ 三峰：指华山之莲花、毛女、松桧三峰。

⑨ 渭水：渭河，古称渭水，是黄河的最大支流。发源于甘肃省定西市渭源县鸟鼠山，主要流经今甘肃天水、陕西省关中平原的宝鸡、咸阳、西安、渭南等地，在渭南市潼关县汇入黄河。

【赏析】

白居易的这首咏写新居的诗，主旨与前一首《赠内》一样，同样是表达自己不贪恋荣华富贵的心志，以及知足常乐的心态。

诗中，白居易特意说明自己的新居是"茅茨"，也就是简陋的茅草屋，而且室内陈设也不算豪华，只不过是竹席和白石枕而已。进而，诗人抒写自己在这新居中怡然自得的情态，身穿轻薄的黄葛衣，东望华山，南观渭水，采摘树上的果实和园中的蔬菜充饥，此外还有一群志同道合的朋友相与往还。整首诗所展现的都是一种安贫乐道的生活情志，但是，白居易真的很贫穷吗？事实恐怕并非如此。在《初除户曹，喜而言志》一诗中，他曾明言自己"俸钱四五万，月可奉晨昏。廪禄二百石，岁可盈仓囷"，可见不仅不贫困，反而很富庶。

那他为何总是要在诗中把自己说得很穷？其实，仕途生涯大起大落的白居易深知世事无常的道理，既然官职地位不可守，那金钱财富更不可守。在这首《示诸弟侄》的诗中，他想向族中晚辈传达的正是自己的这种人生体悟，告诫他们不可贪图富贵，要志心于道，追求修养的完善与心灵的满足。

第四部分　修身

寒窗课子图

[宋]寇母①

孤灯课读苦含辛②,望尔修身为万民③。
勤俭家风慈母训④,他年富贵莫忘贫。

【注释】

① 寇母：寇准的母亲。寇准(961—1023)，字平仲，华州下邽(今陕西渭南)人。太平兴国五年(980年)进士。曾任大理评事、巴东知县、成安知县。后官至宰相，封莱国公。为官正直，有胆识。有《寇莱公集》传世。课子：督教儿子读书。课，读书学习。

② 课读：阅读。

③ 修身：指修养身心。修身的具体行为表现在日常生活中，就是择善而从，博学于文，并约之以礼。

④ 训：训诫。

【赏析】

寇准出生于农家，自幼丧父，家境清贫，全靠母亲织布度日。寇母常于深夜一边纺纱，一边教寇准读书，勉励他勤学成才。后来，当寇准考中进士，喜讯传到家里的时候，寇母已经身患重病。临终前，她将这首诗题于其亲手画的一幅画中，嘱人交给寇准，勉励他无论以后如何富贵，也要俭以养德，勤俭持家。

首句写母亲辛苦劳作之余，经常教儿子灯下苦读的情景。第二句写母亲的期望，要让儿子明白，现在修身治学不是为了求得富贵生活，而是为了将来能报效国家、造福百姓。一个境界高远、胸襟博大的母亲形象由此而跃然纸上。不仅如此，在最后两句，母亲又告诫儿子，即使将来富贵了，也不能忘本，而要保持勤俭家风，不耽享乐，简朴生活。寇准入仕后，果然遵行母亲的教诲，牢记母训，勤俭持家，勤于政事，终成深为后人称颂的一代贤相。

我们常说,父母是孩子的第一任老师,父母的学识和境界会深刻地影响到孩子的成长与未来。寇母就是这样一位深晓大义、深谙育子之道的母亲,也是教子成才、成人的光辉典范,这首诗也随之被人们广泛传颂。

示 秬 秸

[宋]张耒①

城头月落霜如雪,楼头五更声欲绝。
捧盘出户歌一声②,市楼东西人未行。
北风吹衣射我饼,不忧衣单忧饼冷。
业无高卑志当坚③,男儿有求安得闲④。

【注释】

① 张耒(1054—1114),字文潜,号柯山,楚州淮阴(今属江苏)人。熙宁六年(1073年)进士。历任临淮主簿、太学录、秘书省正字、秘书丞、史馆检讨、起居舍人等职。北宋文学家,"苏门四学士"之一。有《张右史文集》。秬(jù)秸(jiē):张耒的两个儿子张秬、张秸。

② 盘:放烧饼的托盘。歌:叫卖。

③ 业:行业、职业。高卑:指高低贵贱。

④ 求:追求。安得闲:哪里能得到空闲。

【赏析】

这首诗原标题较长,相当于一篇诗序,云:"北邻卖饼儿,每五鼓未旦即绕街呼卖,虽大寒烈风不废,而时略不少差也。因为作诗,且有所警,示秬秸。"原来张耒家的北边邻居是卖烧饼的,每日五更起床,不畏严寒,沿街叫卖。卖饼人的艰辛深深感动了诗人,他便写下这首诗,并以此来教育自己的儿子。

全诗的大意是说:月亮从城头落下去,早晨的霜厚得像雪一样。更鼓在钟楼上响起来,声音冷涩,仿佛将要断绝。捧着装饼的盘子,走出家门,大声叫卖。这时候,街市上从东到西,还一个人都没有。寒冷的北风吹来,像箭一样射在饼子上。卖饼人担心的不是自己衣服穿得少,而是盘里的饼会变凉,不好卖。孩子们啊,人们从事的职业并无高低贵贱之分,但意志都必须坚强;男子汉要自食其力,可不能做游手好闲的懒汉哪。

家风诗词

在这首诗中，作者教育后辈要有追求，要努力做事，要不怕吃苦，不做懒人、闲人。同时，作者不仅不鄙视社会底层从事卑微工作的人，还教育孩子要向他们学习，学习他们不畏艰难、勤劳向上的品质，这一点也是非常可贵的。

诫子弟

[明]林翰①

何事纷争一角墙,让他几尺又何妨。
长城万里今犹在,不见当年秦始皇!

【注释】

① 林翰(1434—1519),字亨大,号泉山,闽县(今福州市)林浦乡人。明成化二年(1466年)进士,后授编修,于成化十一年(1475年)参修《通鉴纲目》,两年后擢修撰。弘治十五年(1501年),遭奸臣陷害贬为浙江左参政,勒令致仕。正德元年(1506年)四月,敕兼南京兵部尚书,参赞机务。著有《经筵讲章》《泉山奏议》《泉山集》。

【赏析】

这首劝人谦让的诗歌广泛流传于民间。相传,林翰家乡的晚辈亲戚因宅地的纠纷与邻居闹得不可开交,于是写信给在京城做官的林翰,表面上说希望他能出来主持公道,实际上不过是希望能借助林翰的"官威"让邻居屈服。然而林翰并没有满足他们的愿望,而是写了这首诗寄回,告诫他们要主动谦让,宽和待人。

诗的前两句就事论事,面对"一角墙"的纠纷,"让他几尺"既是林翰提出的解决方案,也是对故乡亲戚的训诫。谦让自古就是中华民族的传统美德,然而在涉及诸如"一角墙"这类现实利益问题时,却往往被人遗忘,转而勾心斗角、明争暗斗,甚至仗势欺人。林翰作为有权势的一方,主动谦让,无疑是通过以身作则教育同族子弟不可以权谋私、恃强凌弱。后两句则引出历史兴亡:秦始皇动用百万民夫修筑长城,但大秦皇朝依然"二世而亡",物质利益都是短暂的,唯有内在的道德修养可以传世。林翰希望家族中的后代以德育传家,而不是执着于物质财富。

望耆儿二首(其一)

[明]汤显祖①

雨过杏花寒食节②,秣陵春色也依然③。
闲游不是儿家业④,大好归来学种田⑤。

【注释】

① 汤显祖(1550—1616),字义仍,号海若、清远道人,临川(今江西抚州)人。少有才名,但因不愿依附权臣,33岁才中进士。在南京先后任太常寺博士、詹事府主簿、礼部祠祭司主事等职。因弹劾辅臣,被贬徐闻县典史。遇赦后任遂昌县知县,后辞职归乡。明代杰出的戏曲家。有戏曲作品"临川四梦",《牡丹亭》为其代表作。耆儿:汤显祖次子,名大耆。

② 寒食节:在夏历冬至后105日,清明节前一二日。是日禁烟火,只吃冷食,故名寒食节。

③ 秣(mò)陵:古地名,今南京市江宁区。

④ 闲游:悠闲地游玩。《金瓶梅词话》第一回:"所以这人不甚读书,终日闲游浪荡。"家业:家传的事业或学业。《后汉书·郭镇传》:"镇弟子禧,少明习家业,兼好儒学,有名誉,延熹中亦为廷尉。"

⑤ 大好:最好。

【赏析】

这是一首教子诗。全诗言简意赅,通俗易懂。前两句说春雨打过杏花,寒食节已经到了,秣陵的春色还是同往常一样。后两句接着写道:四处闲游浪荡并不是你应该承习的家业,你还是趁着这大好时光,回来学习一下如何耕地种田吧!

这首诗旨在勉励孩子养成勤劳的美德,杜绝游手好闲的劣习。而且,让孩子回来学种地,并不是作者的一种调侃,而是体现了他朴素的劳动观念,是对劳动者、耕种者的一种尊重。

训 子 诗

[清]尹继善①

到处可安居,容膝不厌小②。
人苦不知足,营营何时了③。
桂柱与杏梁,结构穷精巧。
大树荫亭台,新花环池沼。
垒石为奇峰,呼春鸣翠鸟。
室多无雷同,径曲复深窈④。
丝竹日喧阗⑤,粉黛夜环绕⑥。
古来富豪家,似此知多少。
自谓享厚福,可以千年保。
讵意金谷园⑦,转眼成荒草。
每诵伤宅诗,字字堪倾倒。
惟有俭朴风,守之以终老。
小子既读书,此理宜参考⑧。
百凡可类推,何须过求好。
毋忽老人言,听之复藐藐⑨。

【注释】

① 尹继善(1695—1771),字元长,号望山,隶属满洲镶黄旗,顺天府大兴县(今北京)人。东阁大学士兼兵部尚书尹泰之子。雍正元年(1723年)进士。曾任云贵、川陕、两江总督,后入阁充国史馆正总裁,任文华殿大学士兼翰林院掌院学士。谥"文端"。有《尹文端公诗集》传世。

② 容膝:仅能容下双膝。指狭小之地。《韩诗外传》卷九:"今如结驷列骑,所安不过容膝;食方丈于前,所甘不过一肉。以容膝之安,一肉之味,而殉楚国之忧,其可乎?"

③ 营营:追求奔逐。《庄子·庚桑楚》:"全汝形,抱汝生,勿使汝思虑营营。"苏轼《临江仙》词:"长恨此身非我有,何时忘却营营?"

④ 窈(yǎo):幽深。

⑤ 丝竹:弦乐器和管乐器(箫、笛等),泛指音乐。喧阗(tián):形容声大震天。阗,声音大。

⑥ 粉黛:指年轻貌美的女子。

⑦ 讵(jù):岂,怎。金谷园:晋代石崇所建的庭园,在河南洛阳西北金谷涧中,园极奢丽。

⑧ 参考:查考。

⑨ 藐藐:典出《诗经·大雅·抑》:"诲尔谆谆,听我藐藐。"谆谆:教诲不倦的样子;藐藐:不经意的样子。说的人很诚恳,听的人却不放在心上。形容徒费口舌。

【赏析】

这是一首训诫诗。由于子辈们喜好修建房屋,尹继善就作此诗训导之,要求他们重视修养身心,而不要为外物所役。

　　作者在开头四句即点明:到处都可安居,斗室即可容身,何必不知足,并苦苦追求呢?接下来十句,作者细致描写了园林住宅的精致、奢华和美丽。但接下来却笔锋一转,写道:不要认为住豪宅就可以长久享受厚福,古往今来住这样屋子的富豪不计其数,这样极其奢华的园林,当灾祸来临,也会转眼就变成一片荒芜。最后告诫后辈们:只有勤俭朴素,才能得以善终;你们既然读过不少书,那就应该明白这个道理,千万别把我这老头子的话当做耳旁风。

　　这首诗的要义在"惟有俭朴风,守之以终老"二句。作者谆谆告诫自己的后辈们,只有俭朴之风,才是一个人得以善终、一个家族得以长盛不衰的根本保证。李商隐在《咏史》诗中说:"历览前贤国与家,成由勤俭破由奢。"其中的道理是相通的。

再示知让(节录)

[清]蒋士铨①

莫贫于无学②,莫孤于无友③,
莫苦于无识,莫贱于无守。
无学如病瘵④,枯竭岂能久;
无友如堕井,陷溺孰援手⑤?
无识如盲人,举趾辄有咎⑥;
无守如市倡⑦,舆皂皆可诱⑧。
学以腴其身⑨,友以益其寿⑩,
识以坦其心⑪,守以慎其耦⑫。
时命不可知⑬,四者我宜有⑭。

【注释】

① 蒋士铨(1725—1784),字心馀、苕生,号藏园、清容居士、定甫,铅山(今江西铅山)人。乾隆二十二年(1757年)进士,官翰林院编修。后辞官主持蕺山、崇文、安定三书院讲席。工诗文,与袁枚、赵翼合称"江右三大家";又工戏曲。有《忠雅堂集》《藏园九种曲》等。知让:蒋士铨之子。

② 莫:没有。于:比。

③ 孤:孤独。

④ 瘵(zhài):病,多指痨病。

⑤ 陷溺:陷入。援手:伸手拉人一把以解救其困厄,泛指援助。

⑥ 咎:过失。

⑦ 倡:古同"娼",妓女。

⑧ 舆皂:舆、皂是古代十等人中两个低微等级的名称,用以泛称贱役、贱吏。《宋书·竟陵王诞》:"驱迫士族,役同舆皂。"

⑨ 腴:丰裕。

⑩ 益:增加。

⑪ 坦其心:使胸怀宽广、坦荡。

⑫ 耦:符合。

⑬ 时命:时遇、命运。《庄子·缮性》:"当时命而大行乎天下,则反一无迹。"

⑭ 四者:即上面诗中所说的学、友、识、守四个方面。

【赏析】

这是一首教子诗。作者强调了个人修养,即学问、交友、见识、操守等方面对人一生的重要性。

诗开篇四句说:一个人贫穷莫过于无学问,孤独莫过于无朋友,痛苦莫过于无见识,下贱莫过于无操守。接下来进一步说明:没有学问如同身患痨病,身体枯竭,生命也不能长久;没有朋友就像掉入井中,溺水时无人施以援手;没有见识就像盲人一样,行为举止缺少规矩,总是出现错误;没有操守就会像市井娼妓一样,三教九流的人都可以来诱惑。之后作者进一步升华主旨,提出自己的看法:学问可以丰富人生,提升自身素养;朋友可以解除寂寞,能愉悦身心,增长寿命;见识可以拓宽眼界,使自己的心胸更为坦荡;操守可以让人懂得取舍,知道什么可以做,什么不可以做,从而谨慎地约束自己的行为,以符合社会要求。最后作者强调说:人的命运不可预测、无法左右,但学、友、识、守四个方面的修养,却是可以通过自身的努力获得的,所以一定要好好把握。

在这首诗中,作者强调了人立身处世最为重要的几个方面,要求子孙长学问、增见识、广心胸、纳朋友、持操守。这些优良品质可以教化人、陶冶人,使人朝着善的、好的方向发展。这对于我们今天教育子女来说,也有很大的启发作用和借鉴意义。